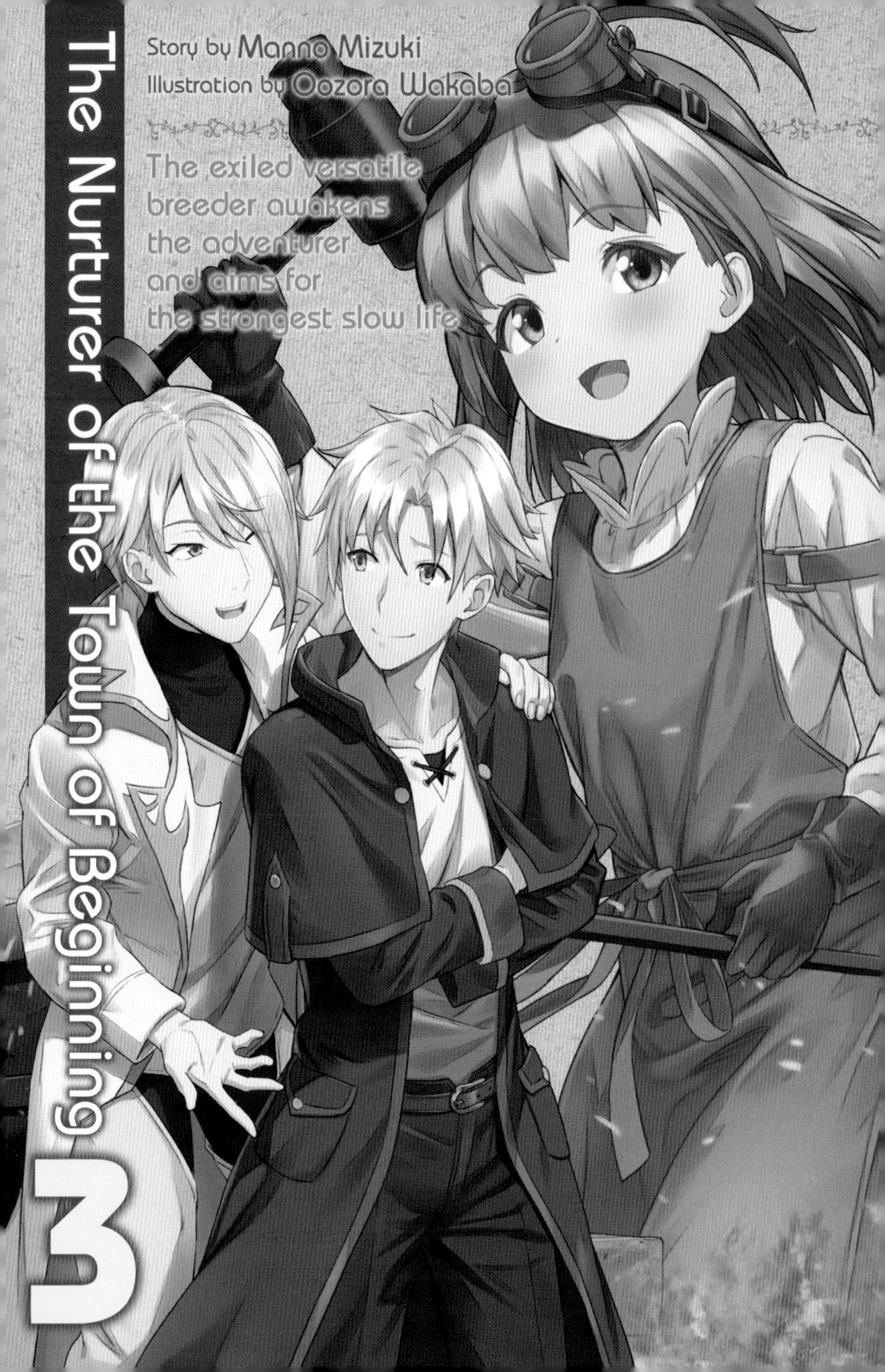
The Nurturer of the Town of Beginning
3
Story by Manno Mizuki
Illustration by Oozora Wakaba
The exiled versatile breeder awakens the adventurer and aims for the strongest slow life

「い、色んなものを見抜くって……
じゃ、じゃあその…………
〝見た〟って、ことですか？」
コスモス・エトワール
フラックス・ラン

「ち、違う違う！　そういう意味じゃないって！」
アロゼ《ロゼ》・フルール
ローズ・ベルミヨン

「させないよ」
刹那――
視界で銀色の髪が揺れた。
スイセン・プライド

3
万野みずき
イラスト 大空若葉
はじまりの町の育て屋さん
追放された万能育成師は
ポンコツ冒険者を覚醒させて最強スローライフを目指します

CONTENTS

The Nurturer of the Town of Beginning

The exiled versatile breeder awakens the adventurer
and aims for the strongest slow life

序章

トンッ……トンッ……トンッ……

部屋の中に規則的な音が鳴り響く。

金槌で木材に釘を打ち込む音。

しばらくそれが部屋に響くと、僕は手を止めて首を傾げる。

「うーん、こんな感じかな？」

右手に持った金槌を手元で遊ばせながら、僕は一人で唸り声を漏らす。

直後、また一つ釘を持ってトンットンットンッ。

あーでもないこーでもないと繰り返しながら、何度も首を傾げていると、不意に玄関の扉が叩かれた。

コンコンコンッ。

「……どうぞぉ」

扉の方も見ずに間延びした声を上げると、来訪者は控えめに扉を開けた。

赤髪を揺らしながら顔を覗かせたのは、戦乙女ローズだった。

「お、お邪魔します……って、何してるんですかロゼさん？」

「んー？　見ての通り、〝立て看板〟作りだよ」

僕は製作中の立て看板をローズに見せながら、金槌をくるりと手元で回した。

僕が育て屋を開業して四ヶ月が経過した。

力不足を理由に勇者パーティーを追い出された出来事がすでに遠い昔のように感じる。

故郷である駆け出し冒険者の町に逃げ帰って来て、『育成師』の力を生かすために育て屋を開いたのもなんだか懐かしい。

最初は目の前にいる駆け出し冒険者のローズの手助けをしたり、星屑師《ほしくずし》コスモスの依頼を引き受けたり、細々と活動をしていたけれど、今では一国のお姫様の手伝いまでやってしまったからなぁ。

このコンポスト王国の第三王女ネモフィラ・アミックスさん。

希少なエルフ族の専属使用人ミンティのために、次期国王を目指していた彼女は、王位継承戦で勝てるように育て屋の僕に依頼を出して来た。

その依頼を達成したのも半月ほど前のことになる。

最初の頃と比べると育て屋として随分な大役を任されることになってしまったが、あれから特に大きな事件もなく、毎日平穏に過ごさせてもらっている。

そして今日も僕は自宅でのんびりとしていて、その時間を利用して看板作りに精を出していた。

ローズはそのことを知らずに入って来たので、すごく不思議そうな顔をしている。

「どうしてまた急に看板作りなんて始めたんですか？　今まではそんなことしていなかったのに……」

「僕が育て屋を開業してから、今日でちょうど四ヶ月目になるんだよ。でもいつまでも目立った宣伝とか看板すらも掛けてなかったから、そろそろそれくらいはやろうかなって思ってさ」

「な、なるほど……」

僕が珍しく精力的になっているのは、四ヶ月目にしてほとんどお店らしいことをしていないと気付いたからである。

目立った宣伝もしていない。看板も付けていない。店構えもただの一般住宅だ。

唯一扉に『育て屋』という張り紙をしてはいるけれど、これではさすがにみすぼらしい。

「これまでちゃんとしたお客さんってコスモスとネモフィラさんくらいだし、より多くの集客を目指すならもう少し目立った方がいいかなって。お店っぽくした方が入りやすくなると思うし」

「確かにこの育て屋さん、初めて来る人にとっては少し入りづらい外観ですからね。あれっ？　でもロゼさんはお客さんが増えてしまうのを嫌がっていませんでしたっけ？」

「前まではそうだったけど、現実的な話をするとお客さんが来てくれないと生計が安定しないからさ」

今は貯蓄とローズからの返金でなんとか生活ができているけれど、急な出費があったら痛い目を見ることになる。

だから珍しく精を出して、立て看板なんかを手作りし始めてみたのだが……

「……ところで、目の前にある〝釘だらけの木板〟はなんですか？　呪いの道具か何かですか？」

「うぐっ……！　わ、わかってるよ。これが立て看板に見えないことくらい」

ローズの言った通り、釘だらけの木板にしか見えなかった。

よく調べもせずに木材を買って来て、想像だけで製作を始めてしまったからあちこちがツギハギだらけになっている。

「ロゼさんって、意外と不器用だったんですね。お料理とかも得意なので、てっきりなんでもできる方なのかと……」

「僕はそんな万能人間じゃないよ。料理は好きで昔からやってたから、まだできる方だけど、こういう物作りは勝手が全然違うから」

まるでそれを合図にするかのように、立たせていた看板（仮）が虚しく倒れた。

改めて見ても、やっぱりこれは看板には見えないよね。

「どうして手作りしようと思ったんですか？　専門の木工屋さんとかに頼んだ方が……」

「立て看板くらいなら手作りできるらしいから、安上がりにもなると思って材木屋で材料だけ買ったんだ。どうせなら手作りで立派なものを作りたいなって」

せっかく育て屋として開業したんだし、お店の顔となる看板くらいは立派なものを用意したいのだ。

何よりこの町の木工屋さんは、たまにしか営業をしないご老人一人しかいないし。

別の町まで頼みに行くのも手間で、こうして手製にしてみたということである。

「んー、どうやれば上手く立つんだろう？　材料から切り直した方がいいのかな？」

そう言いながら僕は、修正をするために木板から釘を外すことにしたが……

「あ、あれっ？　固いなこれ……！　全然取れない……！」

「私がやりましょうか？」

「あっ、お願いできる？」

深く打ち込みすぎたせいでまったく釘が外れなかったけど、力自慢の戦乙女ローズに任せれば間違いないだろう。

そう思って僕は何気なくローズに頼んだが、……それを後々になって深く後悔することになった。

「そぉぉ……れっ！」

瞬間——

バッッゴオオオンッ!!!

時間を掛けて作っていた看板が、まるで弾けるようにして壊滅した。

「あ……あ……ああああぁぁぁぁぁ!!!」

僕は粉々になった残骸を拾い上げながら、瞳の奥を熱くさせる。

釘を抜くどころか、木材まで砕け散っていた。

「ぼ、僕の六時間が……」

「ごごご、ごめんなさい!!!　まさかちょっと力を入れただけで崩れるなんて思わなくて……！」

僕の作りが甘いというのもあったのだろうが、それ以上にローズの力が強すぎて一瞬で看板が壊れてしまった。

壊れるというよりか、もはや爆散した感じになっていたけど。

また一から作り直しか……

いや、むしろこうして仕切り直せる機会をもらえたということで、今はローズに感謝をしておこう。

「あーあ……こういうの上手い人、知り合いにいないかなぁ」

僕は天井を仰ぎながらそう呟き、深いため息をこぼす。

すると不意に「ごめんなさいごめんなさい」と連呼するローズが視界に入り、僕はふと疑問に思った。

「ところで、今日はどうしたのローズ？　いつもは夕方くらいに来るのに、昼下がりに遊びに来るなんて珍しいよね」

「ごめんなさ…………あっ、そのことなんですけど、今日は少しロゼさんにご相談したいことがありまして」

「相談？」

そう言ったローズは、なぜか突然腰に携えている直剣に手を掛ける。

それをおもむろに引き抜くと、鞘からはなんと……

「おぉぉ、これはまた綺麗にポキッと〝折れた〟もんだねぇ」

「は、はい……」

半ばから刀身が折れた直剣が姿を現した。

ローズからそれを受け取ってマジマジと眺めていると、彼女は恥ずかしそうにもじもじし始める。

剣を折ってしまったことを恥ずかしく思っているのだろうか。

でも、剣はあくまで消耗品だし、手触りからしてそこまでの業物《わざもの》でもなさそうだから、こうなるのも仕方ないと思うけど。

「それで、これがどうかしたの？　手持ちがあまりなくて新しい剣を買えないって言うなら、僕の方もあんまり力になってあげられそうにないけど」

「そ、そんな図々しいお願いをしに来たわけではありません！　そうではなくてですね……」

ローズはまたも恥ずかしそうに身をよじる。

やがて僕が持っている剣を指差して、赤面しながら答えた。

「じ、実はその剣……〝十本目〟なんです」

「えっ……」

「ロゼさんに強くしていただいてから今日まで、手持ちの剣から新調したものまで、なぜか次々と折れてしまって……もうすでに十本もダメにしてしまったんです」

この短い期間に十本も……？

剣ってそんなに壊れやすいものかな？

消耗品とは言ったけど、手入れとかをきちんとしていれば十年ぐらいは使えるって聞いたことがあるんだけど。

僕はその時、先ほど壊されてしまった手作り看板の方を思わず見てしまい、その反応にローズは頬の赤みを濃くした。

「怪力女ですみません」

「そ、そこまでは言ってないんだけど」

ローズはそう思われるのが恥ずかしくて、さっきから赤面していたってことか。

「そんなに恥ずかしがることないよ。見る限りは店売りの標準品って感じだし、業物を折ったわけでもないんだから。それにローズはつい最近〝三級冒険者〟になったって言ってたじゃないか」

「は、はい。先週受けた昇級試験でなんとか」

ローズは先週あたりにパーライトの町で行われた昇級試験に合格したらしい。

そして晴れて三級冒険者に昇級できたみたいだ。

ローズは謙遜しているが、無名の少女剣士が歴代最高成績で三級の昇級試験に合格したとパーライトの町でも噂になっている。

「で、三級冒険者になったことで、受けられる依頼も多くなってより強い魔獣と戦う機会も増えてきたんじゃないの？　冒険者階級が上がるほど難しい依頼に挑戦できるようになって、三級から立派な一人前って言われるほどだし」

「確かに最近は手強い魔獣ばかりと戦っていますね。その最中に剣が折れてしまうことがしばしばで」

「きっとそれが原因の一つだと思うよ」

ローズが強くなりすぎて、彼女の力に剣が耐えられていないから。

という理由もあるだろうが、強い魔獣と頻繁に戦うようになったというのも大きな要因だと考えられる。

だからそこまで怪力であることを悲観する必要はないと思うけど……

「それで相談っていうのは、もしかして剣が折れないような戦い方とか教えてほしいってこと？　でも僕、手取り足取り教えてあげられるような剣術の腕はないし」

「て、手取り足取り……」

ローズは不意に、ぼんやりと天井を見上げる。

何か遠い目をしているようだったが、すぐにハッと我に返ってかぶりを振った。

「そ、そうではなくてですね！　次の新しい剣をロゼさんに選んでいただきたいと思ったんですよ」

「僕に？」

「ロゼさんは知識が豊富ですし、何より【神眼】のスキルがありますので、剣の目利きを頼むならロゼさんかと」

「なるほど、またテキトーなものを選んでもすぐに折れちゃうだろうし、僕が目利きをして上等なものを選べばいいと」

それで今日は早くに僕のところを訪ねて来たってわけか。

「それなら別に構わないけど、この辺りの町の店売りじゃ、そこまで大した業物はないと思うよ。それこそ勇者に匹敵する才能を持った、戦乙女ローズに相応しい剣はなかなか見つからないんじゃないかな」

「そ、そうなんでしょうか……？」

ローズは不安そうに眉を下げている。

まあ正直な話、ローズに相応しい剣なんて世界中を探しても見つからないと思うけどね。

今となっては勇者をも超える実力を有しているだろうし、何百年に一本の名剣を持って来てようやく妥協できるくらいなのではないだろうか。

「むしろもう剣を使わずに、素手や足技で戦ってしまった方がいいんでしょうか？」

「そういう戦い方をするローズも見てみたい気はするけど、それだとせっかくの『装備恩恵』が得られなくなるでしょ」

「あっ、そうですね」

天職に見合った武器を装備することで、僅かながらだが体に宿っている恩恵が増加するようになっている。

だから冒険者たちはなるべく適正武器を装備して戦うようにしているのだ。

ローズの適正武器はどうやら剣のようなので、その装備恩恵を捨ててしまうのはあまりにも惜しい。

じゃあいったいどうしたものだろうかと悩んでいると……

コンコンコンッ、と不意に玄関の扉が叩かれた。

「ど、どなたでしょうか？」

「うーん、今の叩き方からするとたぶん……」

僕は腰を上げて玄関に歩み寄る。

おもむろにドアノブに手を掛けて、ゆっくりと扉を開いてみると……

玄関前には小さな黒い人影が、膨れっ面でこちらを見上げていた。

「早く開けなさいよね」

「やっぱコスモスだったか」

黒ローブと黒帽子を身に着けた、小さな小さな魔法使いコスモス。

ローズに比べて扉を叩く音が下の方から聞こえたので、おそらくそうではないかと思ったのだ。

というわけで今日は珍しく、二人のお客さんが重なることになった。

「こんにちは、コスモスさん」

「あらローズ、先に来てたのね」

席に腰掛けてお茶を飲んでいたローズを見ると、コスモスは不意にこちらを見上げてくる。

その目が何かを訝しむように細められていたので、僕は喉を鳴らして問いかけた。

「な、なに……？」

「別にぃ。何かやましいことでもしてたんじゃないかって思っただけよ」

「してないよ！」

なんだよその言いがかりは。

普通に相談事を聞いていただけなのに。

「で、今日はどうしたんだよコスモス？　コスモスもこんな時間に来るなんて珍しいよね」

「あっ、そのことなんだけど……」

コスモスはふと右手に下げていた長いものを掲げる。

それに掛けられていた布を取り払い、短い腕を全力で上に伸ばして僕に見せてきた。

「これ見てよ！　魔獣と戦ってる最中に突然折れちゃったのよ！」

「……？」

それは、半ばからポッキリと折れたコスモスの〝杖〟だった。

なんか先ほどにも見た覚えがある、既視感の強い光景である。

まさかコスモスも……？

「これ、実家に置いてあった中で一番高い杖なのよ。追い出された時に、ムカついて勝手に持ち出して来たものなんだけど、１００万フローラする超高級品のはずなのに……」

「もしかして、その愚痴を聞かせにここに来たのか？」

「じゃなくて、一緒に杖を見に行ってもらえないかなって思ったのよ。あんたに見てもらったら絶対に確実だし………ま、まあ、他にも色々と買い物とかもしたかったし……」

「……ハハッ、コスモスも一緒か」

そう言った僕を見て、コスモスは不思議そうに首を傾げる。

僕は言葉の意味を説明するために、手に持っていたローズの剣を見せた。

「ローズも剣が折れて困ってるところだったんだよ。それで今日は僕のところに相談に来てたんだ」

「へぇ、そうだったのね。二人の武器が同時に折れるなんて、なんかちょっと不吉ね」

そんな物騒なことを言うコスモスは、杖が折れてしまった原因を理解できていなそうだった。

魔法使いにとっての杖も、剣や盾といった他の装備品と同じで消耗品である。

杖は基本的に神聖な木材――『神木』を材料にして作られる。

それによって製造された杖は、魔力との親和性を獲得して魔力増幅具になるらしい。

ゆえに杖を介して魔法を放つと、僅かに威力を高めることができるのだ。

しかしそれを何度も繰り返して、杖に魔力を流し込み続けると、神木はそれに耐え切れずいずれ折れてしまうのだとか。

だからコスモスの杖が折れた原因は、不吉だからとか粗悪品だからというわけではなく、こちらもコスモスが強くなりすぎてしまったのが理由だろう。

彼女の規格外の魔力なら、たとえ100万の超高級杖でさえ容易に粉砕してしまう。

やっぱりこの二人には下手なものを持たせない方がいいいな。

「よし、せっかくだから特注しちゃおっか」

「「特注?」」

「中途半端なものを買って、またすぐに壊しちゃうよりも、特別に耐久性の高いものを鍛冶屋さんに頼みに行ってみようよ。なんだったら自分たちで高品質の素材を見つけて、それを持ち込んだっていいし」

この二人の実力に見合ったものなんて、既存の中から探し出せるはずがないのだから。

というわけで今日は、怪物たちに相応しい得物を作ってもらうために、鍛冶屋へ行くことになった。

第一章　鬼たちの金棒

繰り返すようだが、ここは駆け出し冒険者が集う町――ヒューマスである。

ギルドに登録したばかりの冒険者たちが、日々切磋琢磨して立派な上級冒険者を目指している。

それと同じように、この場所は駆け出しの〝職人〟たちの修行場にもなっているのだ。

拙いながらも駆け出し冒険者たちに武具を仕立て、共にすくすくと成長を遂げている。

そんな職人たちの活動場所となる工業施設も、ギルドが構えられている西区にある。

というわけで僕たちは、滅多に訪れない西区の工業区にやって来て、物珍しそうに辺りを眺めた。

「わぁぁ、鍛冶屋さんがいっぱいですねぇ。どこに頼めばいいんでしょうか？」

「うーん、一つずつ見て回った方がいいかもね」

ざっと見た感じでも、工房が十箇所くらいある。

せっかく特注するんだし、どうせなら一番腕の良さそうな人にお願いはしたいよね。

正直、僕たちの目から見て、鍛冶師さんの腕の良し悪しなんてわからないと思うけど。

「あそこらへんとかどうかしら？　見た感じ大きな工房が多いみたいだし」

「うん、ちょっと覗いてみようか」

コスモスに先導される形で、僕たちは次々と工房を覗いてみた。

鋼《はがね》を槌で叩いている職人さんがいたり、そこの刀匠が打った剣を展示しているところもあったり。割と参考になるものが多くて、僕たちは度々足を止めてじっくりと観察をしていった。

やがて一人の青年の職人さんと目が合って、爽やかな笑みを向けられる。

「武器作製のご依頼でしょうか？」

「あっ、はい。でもまだどこに依頼しようか迷ってて……」

「この辺りは工房が多いですからね。熟練の鍛冶師が営んでいる工房もいくつかあるので、展示品を参考にしてご依頼をするのがいいと思います。うちにもいい鍛冶師が揃っていますよ」

青年鍛冶師は手拭いで額の汗を拭きながら、自然な流れで工房の宣伝をしてきた。

次いでこちらの要望を聞いてくる。

「ちなみにどういった武器をご所望でしょうか？」

「えっと、そうですね……………この子たちが少し〝おかしい〟ので、それに見合ったものをお願いしたいなと」

「「おかっ⁉」」

その不名誉な響きに、二人が驚いたように目を見張る。

一言でどう説明したらいいかわからず、変な表現の仕方をしてしまった。

そんな僕らのやり取りを見て、青年鍛冶師も困ったように笑っていた。

「ぶ、武器の扱いがまだ不慣れということでしたら、駆け出し冒険者用の使いやすい武器を作り慣れている職人に作らせますけど……」

「ご、ごめんなさい。そういう意味ではなくてですね……」

やや言葉足らずだった僕は、すぐに補足の説明をしようとする。

この二人が強すぎて、どんな武器もすぐに壊れてしまうから、彼女らに見合った上等品がほしいと。

だが……

「いい加減にしろクズフラン！　雑用もまともにできねえ能無しは工房にはいらねえんだよ！　さっさとここから出て行け！」

「……？」

僕の言葉を遮るように、どこかの工房から怒号が響いてきた。

怒鳴り声が上がったのは、二つ隣の工房からのようだ。

皆が視線を向ける先に、僕たちも自然と目をやる。

その工房の入り口では、一人の小柄な少女が道に投げ出されるようにして倒れているのが見えた。

亜麻色のミディアムヘア。淡褐色の丸い瞳。

首には職人らしく保護用の眼鏡を掛けている。

しかし容姿は職人のような強面感はなく、どちらかと言うと田舎村で麦畑の手伝いをしていそうな大人しげな少女だった。

「んっ？」

その〝少女〟を見て一瞬違和感を抱くが、とりあえずそれは頭の片隅に追いやっておく。

直後、一人の青年が工房から出てきて、何かしらの荷物を少女の隣に放った。

おそらく少女の荷物だろうか、『それを持って出て行け』ということを暗示しているように見える。

「お、お願いします……！　ボクはまだ工房を出て行きたくありません。ここに置いてください……！」

少女は急いで荷物を拾い上げると、青年に対して深く頭を下げた。

しかし青年は額に青筋を立てながら拒絶する。

「ふざけんじゃねえ。てめえの不出来にはもううんざりなんだよ。雑用すらまともにこなせねえで工房に置いとくはずねえだろうが」

「つ、次はちゃんとやりますから……！　雑用でもなんでも引き受けます！　ですから、ボクをここにいさせてください……！」

少女の誠心誠意の懇願は、青年に一蹴されていた。

それでもめげずに頭を下げ続ける少女を見て、僕の隣の青年鍛冶師が呟く。

「とうとう追い出されてしまったか」

「ど、どういうことでしょうか？」

「あの子はフランと言って、あそこの工房で雑用係をやらされているんです。どこの工房にも入れてもらえなかったところを、あそこの工房長が見兼ねて見習い鍛冶師として引き受けたんですけど……」

青年は同情するような眼差しで少女を見る。

「工房長はお体が弱いこともあって、ついひと月前に治療院に入院してしまい、代わりにあの男……

ブルエが工房長代理になったんです。ブルエは工房長の息子ということもあって、元からあそこで横暴を繰り返していた男で、特にフランに対しての叱責や乱暴は目に余るものがあって……」

「あんな感じにですか？」

「はい。工房長代理になってからはますます素行もひどくなって、他の鍛冶師ともよくトラブルを起こしています。ですから私たちからも苦言を呈してはいるんですけど……」

「……見る限りそれは効いてなさそうですね」

フランと呼ばれた少女は、いまだにブルエに頭を下げ続けている。

対してブルエは聞くに堪えない罵詈雑言を彼女に浴びせ続けている。

とても工房を任せられるような人格者ではない。

「どうしてそんな人が工房長代理に選ばれたんですか？　他に適任者がいそうな気がするんですけど」

「工房長の息子だから、というのが大きな要因ではありますけど、何よりブルエは鍛冶師としての才能も本物ですからね。おそらくこの辺りで勝てる鍛冶師は、それこそ現工房長だけではないでしょうか」

あそこまで性格の尖った人物の割に、鍛冶の腕は確かなのか。

だとしたらこの工業区で横暴の数々を働いているのも頷ける。

なまじ実力がある分、誰も強く言い返すことができないのだ。

そして唯一彼に優《まさ》っていた工房長も、今や入院中の身となって、ブルエはこの場の長にでもなった気分なのではないだろうか。

そんな奴が指揮している工房なんかに、無理にいる必要もないと思うのに。

「他の工房で受け入れてもらうことはできないんでしょうか？　あそこでなくても鍛冶師はできると思うんですけど」

「それは難しいと思います。ただでさえ鍛冶師志望の駆け出したちが多いこの町で、工房の数にも限りがありますからね。さらに工房に入っても熾烈な競争がありますから、あの子の腕ではろくに道具も触らせてもらえないかと」

……なるほど。

つまりあそこの工房に入れてもらえたのが、そもそも奇跡みたいなものだったということか。

工房長さんが情けを掛けていなかったら、今頃どこにも入れてもらえていなかったのではないだろうか。

だから必死にあの工房に戻ろうとしている。

すると不意に青年が申し訳なさそうに続けた。

「うちにもよく『入れてほしい』と頼みに来ていましたけど、抱えている見習い鍛冶師も多くてとってあげられなくて……。それなりの腕があれば鍛冶工程の一部を任せることもできるんですけど……」

まるでそれを合図にするかのように、ブルエが怒りを爆発させた。

彼は一度工房の奥に引っ込むと、何かを持って再びフランさんの前に戻る。

ゴミクズのように投げ捨てられたそれは、とても武器とは呼べないような刃こぼれのひどい〝剣〟だった。

「前に一度、仕方なく一本打たせてやったらこれじゃねえか！　野菜の一つも切れねえなまくらなんか作りやがって……！　てめえに鍛冶師の才能はねえよ！」

「……」

フランさんは見るからに落ち込んで目を伏せてしまう。

その様子を見ていた僕は、地面に転がっている刃こぼれた剣に視線を移して首を傾げた。

「あの剣……」

なまくら、と言われればなまくらなんだけど……。

やがて工房の中の他の鍛冶師が、二人のやり取りを見兼ねたのか助け舟を出そうとする。

「お、おいブルエ、もうそのくらいにしておいてやれよ。ちょっとミスしただけじゃねえか。鍛冶の腕だったらこれから少しずつ上達していけばいいし、それに工房長の意向も聞かずに勝手なことは……」

「あっ？　てめえも俺に口答えすんのか？　今の工房長はこの俺だ。この俺のやり方に納得できねえんだったらてめえも出て行けよ」

「……」

脅しにも聞こえるその言葉を受けて、その人は何も返せずに奥に引っ込んでしまう。

いよいよフランさんを助ける人がいなくなり、ブルエは決定的な一言を彼女に告げた。

「死んだ父親のために鍛冶師になりてえのか知らねえが、てめえが打つだけ資材の無駄になるんだよ。所詮てめえも志し半ばで死んだ無能の父親と同じだってことだ」

その言葉に、フランさんは俯けていた瞼をピクリと動かす。

目の端に微かな涙を滲ませながら、その台詞は聞き捨てならないと言わんばかりにブルエに返した。

「……こ、これから少しずつ、勉強していきます。それで、いつかはきっと、立派な鍛冶師になって一番の業物《わざもの》を打ってみせます。だからボクは、ここでやめるわけにはいかないんです……！」

確固たる意志でその場に佇む亜麻色の髪の少女。

いくら叱責を重ねても揺るがない決意を前に、ブルエは大きな舌打ちをこぼした。

やがて怒りのままに動き出す。

「てめえみてえな才能無しが、軽々しく〝業物〟とか言ってんじゃねえ。本当の業物ってのを知らねえなら、特別にその体に教えてやるよ……！」

ブルエは工房の展示品の長剣に手を掛けて、それを勢いのままに抜刀する。

ギラリと刀身を光らせた奴は、あろうことかフランさんの左腕を目掛けて長剣を振るった。

体を直接傷付けるつもりはなく、服を僅かに切り裂いて脅すつもりなのは見て取れる。

しかし一歩間違えれば大惨事になる、怒りに任せた危険な一撃を放った。

「これが俺の打った、本当の業物だァ!!!」

「――っ！」

重い風切り音と共に、鋼の刃がフランさんを襲った。

ガンッ！

「…………はっ？」

と、思いきや――

僕の隣にいたはずのローズが、いつの間にか二人の間に入り……

〝素手〟で長剣を受け止めていた。

「少し、やりすぎではないでしょうか」

「……」

……見えなかった。

この場にいる誰も、ローズの動きを目で捉えることができなかった。

ローズの実力を知っていて、かつ隣に立っていた僕でさえも、動き出した気配すら感じ取れなかった。

確実に以前よりも速くなっている。

僕でさえここまで驚いているのだから、周りの人たちは尚のこと驚愕していた。

「い、いつの間に……？」

「しかも、素手でブルエの剣を止めたのか……？」

同様に剣を受け止められたブルエも、言葉を失くして立ち尽くしている。

やがて彼は止まっていた時間が動き出したかのように、ハッと息を吐き出した。

「な、なんだよてめえ……!? いったいどっから湧いて来やがった!?」

「言い争うだけならまだしも、剣まで持ち出すのは危険だと思いましたので、止めさせていただきました」

ブルエが力強く剣を引いても、ローズに掴まれているのでビクともしない。

直後、ローズが刀身から手を放すと、ブルエは勢い余って後ろによろめいた。

それに対してさらに苛立ったのか、ローズを見据えながら怒号を響かせる。

「てめえには関係ねえことだろ……! 部外者がしゃしゃり出て来てんじゃねえ!」

「確かに今はまだ部外者ですけど、あなたがこの子を傷付けた時点で咎人と冒険者の関係になります。冒険者のお仕事の一つに、町での治安維持活動も含まれていますので、あなたが暴行を加えた瞬間、即時捕縛ののち教会に連行します」

「……チッ」

ローズが冒険者だとわかったからだろうか、ブルエは剣を引いてくれた。

次いでローズはフランさんを庇いながら、ブルエの説得を試みようとする。

「そちら側にも事情はあるんでしょうけど、こんなに非力な女の子に剣を振るうだなんて、頭に血が上ったとは言ってもやりすぎですよ。少しは落ち着いて話し合いをしましょう」

「はっ？ 何言ってんだてめえ？」

……マズい。

何やらややこしい話になりそうだと思った僕は、すかさずその会話に割り込んだ。

「と、とにかく！　暴力はやめておきましょうってことです！　差し出がましいことを言うようで申し訳ないんですけど、この子を雇い入れたのはここの工房長さんなんですよね？　でしたら解雇するかどうかは、やはりその方にご相談してからの方がいいと思うんですけど……」

またぞろ関係ない僕が飛び込んで来たからだろうか、ブルエは見るからに怒気を募らせた。

しかし怒りに任せて叫び散らすようなことはなく、彼は落ち着いた口調で返してくる。

「あの〝ババア〟にはいくら言ったところで無意味なんだよ。こいつを辞めさせる気なんかさらさらねえからな」

「……こ、工房長さんは女性の方だったんですね」

「あのババアも、この鈍間《のろま》に才能がねえことなんか最初からわかってるはずだ。なのに善人ぶりたいのか無駄に工房に引き入れやがって……！　だから俺が代わりに引導を渡してやる。いくら夢見たところで、理想だけじゃ客を取ることなんてできねえんだよ！　まともに客呼べるようなら工房に置いてやってもいいが、その腕じゃまともに商売できねえだろ」

「……」

フランさんは再び叱責を受けて、落ち込むように肩を落とす。

ブルエはさらにフランさんを追い込むように、脅しにも似た台詞を口にした。

「それに直《じき》にあのババアもくたばるだろうからな。正式に俺がここの工房長になるのも時間の問題だ。そうしたら真っ先にてめえを工房から追い出してやる。どの道てめえに居場所はねえよフラン」

はっきりと告げられた解雇宣言に、フランさんはついに白い頬に涙を滴らせた。

まともに客を呼べるなら工房に置いてやってもいい、か。

僕はフランさんの足元に転がっているボロボロの剣に目を移す。

フランさんが打ったという、お世辞にも出来がいいとは言えない剣。

確かにこの品でお客さんを呼ぶのは難しいかもしれない。

でも、最初にこれを見た時に、僕は言い知れぬ違和感を覚えた。

僕はその感覚に従って、改めてフランさんの剣をじっと見つめると、人知れず息を呑む。

直後、剣を拾い上げて静かに微笑んだ。

「…………うん、やっぱりいい剣だ」

「えっ？」

それから僕は剣に向けていた視線をフランさんの方に移す。

申し訳ないとは思いながらも、フランさんの頭上に目を凝らして、僕は疑念を確信に変えた。

「フランさんに依頼をお願いします」

「はっ⁉」

「僕の仲間たちの武器製作を、フランさんにお願いしたいと思います。これならまだ、この工房にいても文句は言われないんじゃないですか？」

「……」

先ほどブルエ自身が言ったことだ。

客を取れる腕があるなら、工房に置いてやってもいいと。

だから客である僕からの指名があった以上、フランさんを無理矢理に辞めさせることはできないはず。

僕のその提案に、周囲の鍛冶師たちは驚いたようにどよめいていた。

同じようにブルエも自分の耳を疑うように、目を大きく見開いて掠れ声をこぼす。

「正気かよてめえ……？」

「はい」

「この俺がいる工房で、フランの方に依頼を出すだと……！　俺よりもこいつの腕の方がいいっていうのかよ！」

「確かにあなたの持ってるその剣も、かなりの業物だとは思います。けど僕はフランさんの打った剣の方に強く惹かれました。武器製作の依頼は、是非フランさんに引き受けていただきたいと思います」

「――――ッ！」

ブルエは悔しそうに唇を噛み締める。

公衆の面前で恥をかかされて、自尊心を傷付けられたような気持ちになったのではないだろうか。

多くの鍛冶師たちの前で、自分より劣っていると思うフランさんに客が流れてしまったのだから。

「ハッ、そこまで言うなら証明してみろよ。俺の剣よりそいつの打った剣の方が上等な品だってことをな……！」

「……？」

「三週間後にパーライトの町で、武器防具を専門にした〝競売会〟が開かれる。この辺りの鍛冶師にとっての晴れ舞台だ。そこにてめえも出品しろ、フラン」

競売会。

出品された品物に、買い手たちが値を付けていって競り落とす形の品物販売会。

しかも武器防具を専門にしたもの。

そんなものがパーライトの町で開かれていたなんて知らなかった。

まさに鍛冶師の晴れ舞台とも言えるその競売会に、フランさんも自作の武器を出品しろってことか？

「俺よりも鍛冶師としての才能があるんだろ？　ならそこで才能を証明してみろよ。もし俺の出品した武器より高値が付いたら、その時はてめえの腕を認めて『出て行け』って言葉は取り消してやる。そいつらの武器でもなんでも、この工房で好きなように作ればいいさ」

ブルエはさらに余裕そうな笑みを浮かべて続ける。

「ついでに俺が工房長になってからも、ここの工房で鍛冶師を続けることを認めてやるよ。なんなら率先して依頼を回してやってもいい。俺に勝つくらいならそれくらいの待遇は当然だからな」

競売会は多数の客で賑わうはず。

そこで自作の武器に高値が付けば、まさしく鍛冶師としての腕を大衆に認められるのと同義だ。

工房から追い出す理由も確かにそれで完全になくなるだろう。

けれど……

「だがその代わり、俺が勝った時は今度こそ潔くここから出て行けよ。名実ともに無能な鍛冶師はここにはいらねえからな」

ブルエは交換条件のように、フランさんにそう提案した。

生死を分けるようなその提案に、フランさんは戸惑いを見せる。

「別にこの勝負は受けなくてもいいぜ。ババアの善意だけで工房の雑用として雇われてるてめえは、どうせ俺が工房長になったら真っ先に追い出すからな。だから言い換えればこれは、〝最後のチャンス〟ってことだぜ？」

「……」

「てめえみてえな無能にも依頼者が現れたってことで、せめてもの情けをかけてやろうってんだ。競売会で俺に勝ちさえすればこの工房に残れるんだ。どうするよフラン？」

問いかけられたフランさんは、思い悩むように黙り込んでいる。

一見するとフランさんにとって有利な提案のように思える。

フランさんは競売会に出てブルエに勝つだけで、まだこの工房に残ることができるのだから。

しかも今後の依頼も率先して回してもらえるという好待遇付きだ。

しかしよくよく考えたら、これはとんでもなく大きな〝罠〟である。

競売会は武器防具を専門にしたもので、多くの鍛冶師たちの晴れ舞台となっている。

皆に注目されたその場で、自作の武器にまったく値が付かなければ、その時点で鍛冶師としての人生を完全に閉ざされることになる。

ブルエはそこで、今度こそ完全にフランさんの鍛冶師生命を絶つつもりでいるのだ。

大勢の前で赤っ恥をかかせて、二度と鍛冶師として活動できないようにする。フランさんもそれをわかっているから躊躇いを見せていた。

「ハッ！　どうせてめえにはそんな度胸ねえよな！　所詮てめえも三流鍛冶師の無能親父と同じで、誰にも認められねえただの臆病者だからな！」

「――っ！」

明らかに挑発するようなその言葉に、フランさんは瞳を潤ませながらもブルエに向ける。

そしてフランさんは、売り言葉に買い言葉と言わんばかりに、震えた声を漏らした。

「や、やります……！　ボクも競売会に、出品します……！」

「フランさん……」

「きちんと、値が付くような武器を作って、周りから実力を認めてもらいます……！　そうしないと、鍛冶師として胸を張って、この方々の依頼も引き受けられませんから……！」

見るからに臆病そうな子が、勇気を振り絞ってブルエに言い返している。

さらにフランさんは、これまでで一番芯の通った声を、工業区に響かせた。

「何よりも、ボクに鍛冶師の基礎を教えてくれたお父さんが、無能なんかじゃないってことを……競売会で証明してみせます！」

なんとも男らしいその宣言に、僕も自然と熱くなった。

◇

工業区から場所を移して、西区の大通り。

僕はローズとコスモス、それからフランさんを加えた四人で歩いていた。

現在はこの四人で、東区の僕の自宅を目指している。

というのも、あの騒動の後、工房を追い出されたフランさんが行き場をなくして困っていたのだ。

まだ正式に工房から追放されたわけではないけど、工房長代理のブルエに『競売会が終わるまではうちを使わせない』と言われてしまって途方に暮れていた。

どうやら普段は工房の地下室で下宿をしているらしいので、寝泊まりするところもなくなってしまったらしい。

だから僕はフランさんに、『行く当てがないならうちに来ないか』と誘ってみた。

最初は遠慮を見せていたけれど、自分の置かれた現状を鑑みてか最後には申し訳なさそうに頷いた。

「あ、あの、本当にいいんですか？　お家に泊めていただいて……」

僕の家に向かう道すがら、フランさんは改めて僕に問いかけてくる。

隣を歩いているエプロン姿の小柄な鍛冶師を見ながら、僕は頷きを返した。

「うん、全然気にしないで。いつもは工房の地下室で下宿してるって話だし、正式に工房に戻れるまではうちを使ってもらっていいから」

そう言ってみるが、フランさんは申し訳なさそうに目を伏せている。

家を使わせてもらうのが申し訳ない、という思いもあるのだろうが、それに加えてもう一つのことを気がかりに思っているらしい。

「でも、競売会に出品するためのお手伝いまでしていただくなんて、あまりにもご迷惑のような……」

寝床の提供だけでなく、競売会に向けての手伝いも僕たちは申し出ている。

僕たちにできることならどんな手伝いもすると。

そのことを申し訳ないと思っているらしいが、こちら側も手伝うべき理由があった。

「フランさんにはこの二人の武器を作ってもらいたいからね。その後のメンテナンスとかも定期的にお願いしたいから、あの工房に戻ってもらえたら一番いいなって思ったんだ。だから僕たちもフランさんの競売会出品を手伝わせてもらうよ」

ぶっちゃけ、あんな男がいる工房になんか戻らずに、別の町とかで働き口を探した方が賢明だとは思う。

今はまだ入れてくれる工房が見つからないかもだけど、いずれは確実に〝才能〟を認めてもらえるだろうから。

ただ、僕たちとしてもフランさんには、できればこの町の工房にいてもらいたい。

だから競売会では、なんとしてもブルエに勝ってほしいのだ。

あとまあ単純にあの横暴な青年鍛冶師を見返してほしいと思ったからだけど。

「競売会が終わるまでは、工房を使わせてもらえないみたいだから、出品のための武器製作ができる場所も探さないとだよね。二、三週間近くも設備を貸してくれる工房は、そうそう見つかりそうもないけど。あと素材はローズとコスモスも手伝ってくれるから、なるべくいいものを取りに行きたいね」

「……」

軽く今後の方針を話すと、フランさんは淡褐色の瞳で静かに見上げてきた。

「どうして、そこまで親切にしてくれるんですか？」

「えっ？」

「見ず知らずの赤の他人なのに、ボクのことを助けてくれて……。それにさっきはボクを助けるために、わざわざああ言ってくれたんですよね？『ボクに依頼をお願いする』って。どうしてそこまで、親切にしてくれるんですか？」

先ほどブルエの前で、フランさんに鍛冶依頼を出すと宣言したことを不思議に思っているらしい。

フランさんはそれをただの親切からだと思ったようだ。

確かにあの時、僕がフランさんに依頼を出すと言ったから、ブルエは解雇するという発言を引っ込めた。

僕という依頼主が現れたことで、鍛冶師として最低限の価値を示すことができたから、競売会に持ち込むことができたのだ。

形としては僕が助けたようになるけれど、別にそのために〝嘘〟を吐いたわけではない。

「助けたい気持ちがあったのもそうだけど、僕は本当にフランさんの剣に可能性を見たんだよ。君に鍛冶の依頼をお願いしたいっていうのは僕の本心だ」

「ボクの剣に、可能性……？」

「それは君自身も気付いてないことだと思う。だから詳しいことは家に着いてから話すよ。ただ今一つだけ言っておくと、君は〝神の力〟とも言える鍛冶師の才能を持ってるよ」

「……？」

それこそたぶん、現状でローズとコスモスに〝見合った武器〟を作れるのなんて、フランさんくらいしかいない。

だから二人に最高の武器を作ってもらうためにも、フランさんを最大限手助けしたいと思ったのだ。

フランさんは褒められたことがあまりないのだろうか。

直球の賛辞を贈られて、透明感のある白い頬を仄かに染めていた。

「……あ、ありがとう、ございます」

そんなお礼を受け取っていると、ふと傍らから裾を引っ張られた。

振り向くと、それはローズの仕業だった。

「あのぉ、ロゼさん……？」

「んっ、どした？」

「フランさんを助けたいっていうのは、確かにわかるんですけど、やっぱりお家に泊めるのはさすがにマズいんじゃないでしょうか？」

「マズい？」

その言葉の意味がいまいち理解できず、僕は首を傾げた。

するとローズは、なぜか髪色と同じように顔を赤らめる。

「い、一応、ロゼさんも健康的な男性なわけですし、女性のフランさんと一つ屋根の下で過ごすのは、色々と問題が……。あっ、その、私かコスモスさんが一緒に泊まったら、大丈夫だとは思いますけど」

「あぁ……」

僕はすべてを察して、人知れず頷いた。

そういえばまだ詳しくは話していなかったっけ？

見ると僕の隣では、フランさんが何かを言いたげに口をパクパクとさせている。

しかし一向に言葉が出てこなかったので、仕方なく僕が代わりに告げることにした。

「えっと、そのことなんだけどさ……」

と、その時——

ちょうど冒険者ギルドの前を通りかかると、前から二人の男性が歩いて来た。

「おっ、そこの子可愛いねぇ！」

「あっ、ホントだ！」

「……？」

冒険者のような格好をしている二人は、フランさんを見て高揚した様子を見せる。

よくよく見るとその二人は、仄かに顔が赤らんでいた。

酒気が漂っていることからも、かなり飲んでいるらしい。

だというのに、彼らはフランさんに驚きの提案を持ちかける。

「ねね、今からちょっと飲みに行かない？　そこの赤い髪の子もさ」

「えっ？」

「俺らさぁ、さっき別の子たちと飲んでたんだけどぉ、なんか怒らせちゃったみたいで急に帰っちゃったんだよねぇ」

「そうそう、ちょっと体触っただけだっつーのに！」

男性冒険者の二人はケラケラ笑って声を響かせる。

それに対してフランさんとローズが、明らかに警戒した表情をすると、彼らはすぐにかぶりを振った。

「あっ、二人にはそんなことしないから安心してよ。飯食いながらお喋りするだけだからさ。エプロンちゃんすげぇ好みだから、色々話とか聞きたいなぁって」

「い、いえ、ボクは……」

「二人が来てくれたらちょうどよくなるんだよ！　ほら、男二人と女二人で！　めっちゃ美味い飯屋も知ってるし」

「で、ですからボクは……」

「こいつと二人で飲んでも虚しいだけなんだよ。飲みの席にはやっぱり華がないとさぁ……」

どこからどう見てもしつこいナンパ。

それに嫌気が差したのか、はたまた彼らの失礼な勘違いに憤りを覚えたのか……

フランさんが顔を真っ赤にして、大通りに声を響かせた。

「ボ、ボク…………〝男〟ですから！」

「…………はっ？」

その場にいる僕以外の全員が、口をあんぐりと開いた。

次いでフランさんに歩み寄ろうとしていた男性二人は、見開いた瞳で〝彼〟を見つめる。

「お、おと、こ……？」

ほっそりとした弱々しい体つき、シミ一つない真っ白な肌、絹糸のように滑らかな亜麻色の髪。

まつ毛の長い淡褐色の瞳は、庇護欲を唆《そそ》るようにつぶらで、彼が身じろぐ度になぜか甘い香りが鼻をくすぐる。

どこからどう見てもうら若き可憐な少女だ。

ややだぼっとした作業着の上に、すすけたエプロンを着用しているのが、せめてもの男性らしさの主張にはなっている。

しかしフランさんを見つめる男性たちの瞳には、いくつも疑問符が浮かび続けていた。

「お、俺らを追い払うために、そんな嘘を吐いてるんだよね……？」

「う、嘘じゃありません。よく、間違えられますけど、ボクはちゃんと……男です！」

フランさんは潤んだ瞳で男たちを見返す。

恥ずかしさと悔しさが入り混じったその表情は、愛らしい少女のそれにしか見えなかった。

フランさんが涙目でそう訴えていると、やがて男たちはたじろいで苦笑を浮かべる。

いまだに信じがたいという顔をしていたが、やがて諦めをつけたようにローズの方を見た。

「じゃ、じゃあさ、赤髪の子だけでもどうかな？」

「はい？」

「俺たちと一緒に飲みに行こうぜ。酒がダメなら飯だけでも美味い店知ってるからよ。俺らがいくらでも奢ってやるし。それに何よりさぁ……」

男は、右手の親指で〝僕〟の方を指し示して、嘲笑を浮かべた。

「そんな〝冴えない男〟といたって、超つまんねえだろ？」

刹那――

この場の空気が、氷雪地帯のように冷え切った。

鋭いナイフを首元に添えられたかのように、背筋に凄まじい悪寒が走る。

前にも一度、この感覚に襲われたことがある。

恐る恐る隣に視線を移すと……

ローズの真紅の長髪が、まるで憤りを表す猛火のように、ゆらゆらと揺れていた。

「誰が、冴えない人ですか？」

「――っ！」

突き刺すようなローズの殺気に襲われて、男は全身を凍りつかせた。

極寒に悶えるようにガチガチと歯を打ち鳴らして、瞳の端に涙を滲ませる。

ローズが一歩を踏み出したその瞬間、彼は小さな悲鳴を漏らして後ろに飛び退《の》いた。

「にに、逃げるぞ！」

奴は仲間を無理矢理に引っ張って、この場から逃げ去って行った。

直後、緩やかに重たい空気が軽くなり、詰まっていた息が次第に抜けていく。

正直僕もしんどかった。

まあこれで、彼らはもう二度と下手に女の子にちょっかいを掛けることはないだろう。

慌てて逃げ去って行く彼らの背中を見送っていると、不意に隣からコスモスの虚しい声が聞こえてきた。

「……ところで、なんで私は声かけられなかったんだと思う？」

「……さ、さあ？」

たぶんたまたまタイプじゃなかったんだよ。

もしくは小さくて見えなかったんじゃないかな。

なんて言うとまたぞろコスモスを不機嫌にさせてしまいそうだったので慎んでおいた。

「まったく、失礼な方々でしたね。ろくに面識もないのにご飯に誘って来たりして、あまつさえロゼさんの悪口まで言うなんて。久しぶりに本気で怒ってしまうところでした」

「……あれでまだ本気じゃなかったんだ」

本格的に怒りの感情を表に出していたらどうなっていたのだろうか。

想像するだけで身の毛がよだつ。

僕のために怒ってくれたのは、素直に嬉しいけど。

途端、ローズはけろりといつもの柔らかい表情になると、驚いた様子でフランさんの方を振り返った。

「そ、それよりもフランさん！　男性って本当ですか⁉」

「……は、はい」

「こんなに華奢で、肌もきめ細かくて、目元もパッチリしているのに……？」

ローズがジロジロと間近で顔を覗き込み、フランさんは恥ずかしがるように目線を逸らす。

確かに小柄で体つきも男性のそれには見えないけど、彼は正真正銘の男性である。

パッと見ただけではわからないので、ローズが興味津々に顔を見つめるのも納得できるけど。

ちなみにこのことは、おそらく工業区にいた他の鍛冶師も知っていることだ。

ローズがフランさんのことを〝非力な女の子〟と言った時、あのブルエは素っ頓狂な顔をしていたから。

コスモスも、ローズと同じようにフランさんの顔を覗き込むと、やがて訝しげな目を僕の方に向けて来た。

「あんたはそこまで驚いてなかったけど、まさか知ってたの？」

「う、うん。最初に見た時から〝違和感〟があってさ、【神眼】のスキルで天啓を見させてもらった時に、ついでに性別も調べさせてもらったんだよ。それで男性ってわかって……」

許可なく天啓を覗き見てしまったことを申し訳なく思う。

改めてそのことを謝罪しようとすると、フランさんが不思議そうに首を傾げた。

「【神眼】……？　それでボクが男だとわかったんですか？」

「うん。目で見たものから〝色んな情報〟を見抜くことができるスキルだから、フランさんを見れば男性ってこともすぐにわかって……」

と、説明しようとすると……

突然フランさんは、熱々のお風呂でのぼせたように、顔を真っ赤に染めた。

直後、まるで全身を隠すようにして、バッと体を縮こまらせる。

いったいどうしたのだろうかと疑問に思っていると、彼はもじもじと身をよじりながら、か細い声を漏らした。

「い、色んなものを見抜くって……じゃ、じゃあその…………〝見た〟って、ことですか？」

「えっ……」

何を？　と聞き返そうとして、僕は寸前で止まる。

フランさんの片手が、〝下腹部〟のさらに下の方を押さえているのを見て、僕はすべてを察した。

僕もカッと顔を熱くする。

「ち、違う違う！　そういう意味じゃないって！　【神眼】のスキルはただ〝情報〟を見抜くだけで、透視みたいな能力があるわけじゃないから！」

ただ情報として男性ということがわかっただけで、別に〝何か〟を見て判断をしたわけではない。

とんでもない誤解に、僕は滝のような冷や汗を流した。

見ると、ローズは何もわかっていなそうに首を傾げて、一方でコスモスはジトッとした目を僕に向けている。

……冤罪だ。

僕がそんな破廉恥な能力を持っているわけないじゃないか。

たとえ持っていたとしても、性別を確かめるためにそんな使い方をするはずないだろ。

人知れず肩を落としていると、ローズが改まった様子でフランさんの方を向いた。

「とりあえずは、フランさんが男性ということは承知しました。勘違いしていてごめんなさい」

「い、いえ。よくあることですから」

「ただ、性別がどうであろうと、顔が可愛らしい方なのは間違いないですから。先ほどのようなナンパにはくれぐれも注意してくださいね。噂によると最近は、とんでもない女たらしさんがギルドで女性冒険者を食いものにしていると聞いていますので、充分に気を付けていきましょう」

「は、はい……」

そんな忠告を聞いて頷いているフランさんに、僕は今さらながらのことを伝える。

「ちなみになんだけど、僕たち〝三人〟とも十八で同い年だから、敬語もなしでいいよ。さっきからそれも違和感があって……」

「そ、そんなこともわかるんですか……。あっ、それじゃあボクのことも、呼び捨てでいいから」

「うん。よろしくね、フラン」

同い年だとわかっていながら、ずっと敬語で話されるのは違和感がすごかったからね。

改めて伝えることができてよかった。

するとフランが、今度はローズの方を向いて言った。

「ロ、ローズも、呼び捨てでいいからね」

「あっ、えーと、同い年なのは私の方ではなくてですね……」

「……？」

フランの視線が、ゆっくりと傍らのコスモスに向けられる。

彼はしばし時が止まったように固まると、遅れて状況を理解した。

「えっ、こっちの子⁉」

「なんでそんなに驚いてんのよ！　あんたが男っていう方がよっぽど信じられないわよ！」

まあ、確かに。

コスモスも中身と不相応な見た目をしているけれど、フランはそれを凌駕するほど性別と外見が乖離しているから。

ともあれなかなかに遠回りをしてしまったが、フランが男性だとわかってもらえたということで、
僕は改めて言った。

「ま、てなわけで、フランは正真正銘の男子だから、僕の家に泊めても問題はないってことだよ。ローズが心配してるようなことは起きないから、別に一緒に泊まってもらわなくても大丈夫だよ」

「……」

今一度そのことを伝えるが、ローズはいまだに何かを言いたげに複雑そうな顔をしている。

そしてフランと僕の顔を交互に見ると、彼女は意を決したように言い放った。

「や、やっぱり私も泊めてください！」

「えっ？」

「こ、今晩一日だけでもいいので……！　それで確実に〝安全〟を確かめますから。で、ですから、コスモスさんも一緒に来てくださいませんか？」

「……どこまで心配性なのよあんた」

まあ仕方ないわね、と続けるコスモスを見ながら、僕は呆然と立ち尽くす。

着替えとか持って来ないとね、なんて話し合っているけれど……僕、そんなに信用ありませんか？

いや、と言うよりも、これはフランが女性らしすぎるってことだよね。

◇

「とりあえず腹ごしらえしよっか」

時刻は夕暮れ。

無事に家に着いた僕たちは、時間も時間だったので、話し合いの前に夕ご飯を食べることにした。

結局ローズとコスモスはうちに泊まることになったので、彼女たちが宿部屋に荷物を取りに行っている間に夕食の準備を進める。

「ボ、ボクも手伝うよ」

フランがそう言って手伝ってくれたおかげで、二人が戻ってくる前に手早く食事を揃えられた。

フランは僕と違って色々と器用なようで、裁縫や物作りが趣味らしい。

そのため料理もそれなりにできるようで、いまだに男子らしさというものが窺えなかった。

僕も料理は得意だけど、さすがに手先は不器用だから。

程なくしてローズとコスモスが戻って来ると、僕たちは揃って夕食を取った。

「さてそれじゃあ、今後についての話をしようか」

後片付けを終えた後、僕たちは改めて話し合いを始める。

話し合う内容は、競売会でどうやってブルエに勝つか。

するとフランが、おずおずと手を上げた。

「えっと、話し合いをするのはいいと思うけど、まず先に教えてほしいことがあるんだ」

「教えてほしいこと？」

「その……ボクに〝鍛冶師の才能〟があるって、言ってたでしょ？」

フランは不安げな様子で尋ねてくる。

僕は先ほどの自分の言葉を思い出して、話す順序を間違えていることに気が付いた。

「そういえば、後で詳しく話すって言ってたね。じゃあまずはその話からしようか」

というかそのことから先に話す方が手短に済むな。

僕は傍らに置いてあった、フランの荷物のうちの一つ……彼が打った〝ボロボロの剣〟を手に取る。

それを皆に見せるように掲げると、フランは少し恥ずかしそうに目を伏せた。

今一度自分の剣を見て不甲斐なく思い、それを皆に見られて恥ずかしがっているようだ。

「改めて聞くけど、これは本当にフランが打った剣なんだよね？」

「う、うん」

「一から全部、誰の手も借りずに……？」

「そうだよ。ボクが一から作った剣だ。誰の手も借りてないし、素材も自分で取って来たんだ。お父さんに色々、教えてもらったはずなのに、こんな剣しか打てなくて……」

フランは次第に声を先細りにする。

言う度に自信が削がれているのか、彼は最後には口を閉ざしてしまった。

気持ちを落とすつもりはなかったんだけど、僕は慰めるように言う。

「確かにこの剣は、お世辞にも出来がいいとは言えない。誰がどう見ても、鍛冶師見習いが大失敗して出来上がった一品だ。でも僕の〝目〟には、確かな可能性が映ってる。フランが誰よりも鍛冶師の才能に溢れてるっていう可能性が」

「そ、そんなの、ボクにはまったく見えないよ。ロゼが慰めてくれてるとしか思えない。ロゼにはいったい、何が見えてるって言うの……？」

淡褐色のつぶらな瞳を潤ませながら、悲しげな顔をするフランに、僕は一言で伝えた。

「この剣…………〝天啓〟が宿ってるんだよ」

「えっ？」

言葉の意味を理解できなかったのか、フランは口を小さく開いて固まってしまった。

同じくローズとコスモスも言葉を失っている。

それくらいフランの打った剣は、常識外れの資質を持っている〝未知の物資〟だと言えるだろう。

だから僕はなるべくわかりやすく、皆の疑問に答えるように続けた。

「人間が生まれながらにして神様から〝天職〟を授かってるように、フランの打った剣には名前とスキルが付与されてる。傍目にはわからないと思うけど、僕の目にはこんなものが映ってるんだ」

僕は卓上に置いてあった紙とペンを持ち、さらさらと手早くペンを走らせる。

書き終えたものをテーブルの真ん中までズラすと、三人は覗き込むようにして身を乗り出した。

【名前】儚げな一振り
【攻撃力】10
【スキル】
【耐久値】50／50

皆はそれを見て不思議そうに首を傾げる。

それぞれ顔を見合わせた後、最初にローズが疑問の声を上げた。

「わ、私たちが持っている天啓と、少し似ていますね。フランさんの打ったこちらの剣に、この天啓みたいなものが宿っているんですか？」

「そうだよ。僕の【神眼】のスキルでこの剣を見ると、この情報が剣の近くに浮かび上がるんだ。普段は武器を見ただけじゃ、使われた素材とかしかわからないのにね」

〝おぉ〟と感心したようにローズが口を開く。

一方でコスモスは童顔を訝しげにしかめて、紙をトントンと指で小突いた。

「本当にこの剣に人間みたいな天啓が宿ってるって言うの？　あんたの作り話じゃないでしょうね？」

「なわけないだろ。もしフランを慰めるために僕が話を作ったのなら、さすがに設定を捻り過ぎだ」

「……まあ、そうよね」

コスモスは納得したように頷く。

その後、天啓を書いた紙を持ち上げて、それをひらひらと揺らした。

「でも、仮にこれが本当だとして、武器に天啓が宿ってたらなんだって言うのよ？　剣がボロボロなことに変わりはないでしょ？　それでどうして鍛冶師の才能があるなんて断言できるの？」

「その天啓が宿ってたおかげで、僕はフランの才能……〝天職〟の力に気が付くことができたんだよ。そもそも剣がボロボロになってたのも、フランの天職が原因だったんだ」

「……？」

端的に事実を伝えると、皆は揃って不思議そうな顔をした。

だから僕はなるべくわかりやすくなるように話を始める。

「そもそも武器に天啓が宿るなんて超常的すぎる。何かしらの力が働いてないとこんな現象は起きるはずがない。だから申し訳なかったけど、【神眼】のスキルでフランを確認させてもらったんだ」

「ボクを？」

「そうしたら概ね予想通り、君の〝天職〟が関係してることがわかった」

言うと、フランは突然ハッと息を呑んだ。

心当たりがあるのか、彼はすかさず小さな手を開いて唱える。

「【天啓を示せ】」

フランの手元に一枚の用紙が現れると、彼はそれを僕たちに見せるようにして、テーブルの上に広げた。

【天職】神器匠《じんぎしょう》

【レベル】1

【スキル】神槌《しんつい》

【魔法】

【恩恵】筋力：F100　敏捷：F75　頑強：F75　魔力：F0　聖力：E170

「神器匠……って、何？」

「き、聞いたことありませんね」

フランの天職を確認したローズとコスモスが、眉を寄せて顔を見合わせる。

聞いたことがない天職だったようで、二人はフランの天啓を不思議そうに見つめた。

「ボ、ボクも、自分の天職のことは、よくわかってないんだ。同じような天職の人も、見たことがないし、スキルの効果も全然知らないから」

フランは僕が書いた武器の天啓を手に取ると、それをじっと見ながら続ける。

「でも、これにボクの天職が関係してるなら、たぶん〝スキル〟の効果でこうなってるんだよね？」

「そう。『神器匠』のフランが持ってる【神槌】のスキルの効果で、武器に天啓が宿ったんだよ。そしてそれが原因で、フランは今までなまくらな武器しか打つことができなかったんだ」

「えっ……」

今一度そう伝えると、フランは目を見張った。

次いで彼は、改めてそれを確かめるように二枚目の紙を呼び出す。

「【スキルを示せ】」

僕はすでに【神眼】のスキルで確認済みで、その紙を見ずともスキルの効果は知っていた。

【神槌】・レベル1
・手掛けた武具を神器化
・注ぎ込んだ神素量に応じて性能変化

フランと一緒にコスモスもその詳細を見て、怪訝そうに眉を寄せる。

「何書いてあるのかいまいちよくわからないわね」

「ボクも自分の力のことはさっぱりで、他の誰に聞いてもわからないままだったんだ。でもロゼにはわかるんだよね？」

僕は頷きを返して答える。

「この『神器化』っていうのが『武器に天啓を宿す』ってことらしい。まるで〝神様〟が手掛けたような、天啓が施された〝武器〟だから『神器』ってことみたいだよ」

「武器に天啓を宿す……。ボクにそんな力があったなんて……」

「で、その次が特に重要。『注ぎ込んだ神素量に応じて性能変化』。これは神器化の際に、フランの体に蓄えられた神素を武器に打ち込むことで、性能が変わるってことらしいんだ」

「神素を、武器に打ち込む……？」

そもそも神素という言葉を知らないような反応だった。

まあ、冒険者でもないから無理もない。

「神素っていうのは、魔獣討伐によって得られる成長の糧だよ。天職のレベルを上げるために必要なものなんだけど、フランは今まで魔獣討伐をしたことは……？」

「い、一回もないよ。魔獣から鍛冶の素材を集めようかなって考えて、討伐しようと思ったことはあるけど、ボク、魔獣が怖くて……」

「怖い？」

「お父さんが鍛冶の素材を集めるために、森に入っているところを魔獣に襲われたから」

鍛冶師だったらしい父親が魔獣に襲われたことがあるなら、確かに躊躇するだろう。

見たところ天職のレベルもまったく上がっていないし、本当に一度もないんだろうな。

そこでフランは、ハッと息を呑んで自ら理解した。

「もしかして、『注ぎ込んだ神素量に応じて性能変化』ってことは、魔獣討伐をして神素っていうのを獲得してからじゃないと、いい武器を打てないってこと？」

「大正解」

理解が早くて助かる。

「フランが今までボロボロのなまくらしか打つことができなかったのは、一度も魔獣討伐をせず神素を蓄えてなかったからなんだ。鍛造時に注ぎ込める神素がなかったら、武器には弱々しい天啓しか付与されないから」

天啓に記されている『攻撃力』が、武器としての鋭さや硬さを示しているらしい。

鍛造時に神素を注ぎ込まなければ、攻撃力の数値は低くなるようで、鋭利さの欠片もない剣が出来上がってしまうというわけだ。

「逆に言えば、神素さえ獲得して武器の鍛造時にそれを注ぎ込めば、いい天啓が宿って上質な武器に仕上がるようになる。それこそ一度に魔獣討伐数十回分の神素を注ぎ込めば、誰も見たことないような規格外の武器とか出来るんじゃないかな」

「……」

改めてその事実を伝えられて、フランは目を見開いて固まった。

自分にそれだけの可能性があると思っていなかったのだろう。

今までどれだけ武器を打っても、使い物にならないような品ばかり出来上がっていたのだからそれも当然だ。

けどフランの『神器匠』の力は確かに可能性に満ち溢れている。

魔獣を討伐して神素を得て、それを武器に注ぎ込めば、武器としての性能を示した『攻撃力』も伸びて、戦闘で役立つような『スキル』も覚醒する。

「今までまともな武器を打てなかったのは、フランが未熟だったからじゃない。天職の力が少し悪さをしていたってだけの話なんだ。でもそれは上手く生かせば確実にフランの力になってくれる。僕がフランに『可能性を見た』って言ったのはそれが理由だよ」

今一度その言葉の真意を伝えると、フランはゆっくりと頬を緩めていった。

すると傍らで話を聞いていたローズも、嬉しそうに笑みを浮かべる。

「神素を武器に打ち込めるなんてすごい力ですね！　それに一流の鍛冶師を目指しているフランさんが、鍛冶に関する天職を授けてもらえるなんて、神様も優しいんですね」

「そうかしら？　武器に天啓を宿す天職なら、その天啓を確かめられるような力も一緒に寄越しなさいって思わない？　そのせいで今まで自分の力に気が付けなかったわけだし」

「ば、罰当たりなこと言うなよ」

天罰が下っても知らないぞ。

それに神様だって万能ではない。

天職を授けてくださる神様は、天界から下界を見守っている偉大な方だと聞いているけれど、ちょっとくらいドジなところとかあるのかもしれないだろ。

ていうか実際……

「それに最初は僕だって、【神眼】の能力を持ってなかったんだぞ」

「えっ、そうなの？　『育て屋』の天職を持ってるのに？」

「駆け出しの頃、僕に宿ってたスキルは【応援】の一つだけだったんだ。【神眼】はレベルを上げていく中で発現したスキルだから、もしかしたらフランも『神器匠』のレベルを上げることで適した能力が発現するんじゃないのかな？」

人間の天職も最初から完成されているわけではない。

ローズが『見習い戦士』から『戦乙女』になったように……

コスモスが石を飛ばすだけの『星屑師《ほしくずし》』から巨大隕石を放つ規格外の魔法使いになったように……

「そのことも含めて、まずは魔獣討伐をするっていうのはどうかな？」

「魔獣討伐を……？」

「武器に注ぎ込むための神素を蓄えないと、強い武器を打てないからね。それとせっかく鍛冶向きの力なんだし、『神器匠』の天職も成長させてみたいって思ってさ」

あとはまあ、フランはこれから魔獣討伐を頻繁にしなくてはいけなくなるから。

フランが強い武器を打つためには神素が不可欠になる。

となれば彼は、鍛冶師として魔獣討伐も仕事の一つになるのだ。

一応、【神槌】のスキルを使って神器を作れば、スキル成長分の神素を得られるけれど、魔獣討伐のそれと比べたら微々たるものだし。

今の内から力を付けておいた方が後々苦労しなくなるだろう。

「でも、ボクにできるかな。魔獣討伐なんてほとんど経験がないし、競売会まではあと三週間しかない。それまでにたくさんの魔獣を倒して、たくさんの神素を蓄えるなんてこと……」

フランは不安を吐露する。

加えて彼は、魔獣に対して恐怖心を抱いているようなので、自信がなさそうにするのも当然だ。

その時、不意にローズとコスモスが顔を見合わせて笑う。

その笑みの意味をフランはわからず、一方で僕は理解して頷いた。

「そこは僕がいるから安心してよ」

「えっ、どういうこと？」

「言い忘れてたんだけど……僕、この町で駆け出し冒険者の成長の手助けをしてる〝育て屋〟のロゼっていうんだ。たとえ魔獣討伐の経験が浅い人でも、僕の力と支援魔法があれば充分に戦わせてあげることができるんだよ」

「……」

神器匠のフランが強い武器を作るためには、莫大な神素が必要になる。

そのためには多くの魔獣討伐をする必要があり、戦闘経験の浅いフランには荷が重い話だろう。

でも『育成師』の僕なら、そんなフランを助けてあげることができる。

そこまで見据えて、僕はフランに依頼を出すことにしたんだ。

この子なら、僕の力で花を咲かせてあげることができると思ったから。

ついでに僕には神素取得量を上昇させてあげることができる【応援】スキルがある。

これのおかげで手っ取り早く鍛造用の神素を大量取得することができるし、天職の成長にも一役買ってくれる。

「そう、だったんだ。玄関の扉に張り紙があったから、何かのお店なのかなとは思ったけど。でも、お願いしてもいいのかな？　ボク、駆け出し冒険者ってわけでもないし、お金もほとんどないから依頼料もあんまり……」

「そんなの全然気にしなくていいよ。こっちが好きでやることだからさ。僕たちとしても、フランにはあの工房に残ってもらいたいって思ったし。ただ代わりと言ったらなんだけど、この件が片付いたら僕からの〝お願い〟を一つ聞いてくれないかな？」

「う、うん。それくらいなら全然……」

フランは快く承諾してくれると、改めて僕の顔を見て頭を下げた。

「あの、それじゃあ、よろしくお願いします」

「うん、任せてよ」

というわけで僕は、育て屋として神器匠フランの手助けをすることになったのだった。

ローズとコスモスの武器を作ってもらうため、そして一つの頼み事を聞いてもらうために。

第二章　神器匠の育て方

翌日からさっそく僕たちは行動を開始した。

当面の課題はフランが魔獣討伐を成功させられるかどうか。

というかそれ以前に、武器を作るための工房の当てがないと僕たちは気が付く。

フランが魔獣を討伐できて、神素を獲得することができても、それを武器として打ち込める場所がないなら意味がない。

フランも鍛冶師の知り合いはいなくて心当たりがないそうだし、僕たちは魔獣討伐よりも先に工房探しをすることにした。

そして幸い、これには少し当てがあった。

「どうフラン？　大丈夫そう？」

「う、うん。これなら充分作業できると思うよ」

僕とフランは現在、とある鍛冶工房にいる。

しばらく使われていなかったため、設備のあちこちは埃を被っていた。

それを一つ一つ、フランが丁寧に確認していく。

やがて使用が可能だとわかるや、彼は笑みを浮かべてこちらに駆け寄って来た。

より正確には、僕の隣に立っている、工房に入れてくれた人物のもとに。

「あ、あの、この度は工房を貸していただいて、本当にありがとうございます…………ネモフィラ様」

「いいよ、別に……」

青髪の長身の女性は、感情のなさそうな無機質な声で応えてくれた。

コンポスト王国の次期国王候補である、王位継承順位第一位の第三王女ネモフィラさん。

王都チェルノーゼムの王城内にある〝城内工房〟を、僕たちに貸してくれた人物だ。

「僕からも改めて、本当にありがとうございますネモフィラさん。急なお願いだったのに……」

「いつでも遊びに来ていいって、言ったからね。それにちゃんと、私のこと頼ってくれて、嬉しいから」

ネモフィラさんは無表情の頬を心なしか緩めてくれた。

僕が言っていた工房の当てとは、ネモフィラさんが住むこの王城のことである。

正直忙しい時期だろうから、城内に入れてもらうのは難しいかと思ったんだけど、ネモフィラさんは快く了承してくれた。

「でも、よく知ってたね。うちに鍛冶工房があるって」

「以前にお邪魔させていただいた時に、少し王城の中を歩かせてもらって、その時に工房らしきものを見かけたので」

工房設備を備えている城は多いと聞く。

古くは城の工房のみで武器の生産が行われており、基本的に一般の市民は武器の製造が禁止されていたらしい。

国の統率のためだと語られてはいるが、いつの頃からか魔獣が活発になったことを受けて、市民らによる武器生産を解禁したのだとか。

その頃から武器職人と呼ばれる存在が現れ始めて、こんにちに至るという。

そんな名残りで今も城内に工房設備を有して、利用しているところもあると聞くので、コンポスト王国の現国王が住まう王城にあるのは当然とも言える。

どうやらネモフィラさんのところの王城では、つい数年前までは王国軍の武器生産を行っていたらしいけど、現在は王都内の大きな鍛冶屋に任せているとか。

「でも、本当によかったんですか？　二週間以上も工房を貸していただいて」

「うちに泊めるのは、ちょっと無理だったけど、城内の工房を貸すだけならいくらでもいいって父様が。しばらく使ってないみたいだから、ちゃんと使えるかわからないけど」

ネモフィラさんが不安げに言うと、目の前のフランが工房を見渡しながら言った。

「とても綺麗な工房だと思います。必要な道具も揃っていますし、これなら充分に武器を作れますよ」

「なら、よかった」

フランはぺこりとネモフィラさんに頭を下げると、作業のための準備を進め始めた。

僕も何か手伝おうかと考えるけれど、すぐに冷静になって踏みとどまる。

下手に手を貸すと、逆に作業場を荒らしてしまいそうだったので、ネモフィラさんと一緒に大人しく見守ることにした。

「ローズとコスモスは、素材探しだっけ？」

「はい。二人には武器作製に必要な鋼《はがね》とかを買いに行ってもらってます」

今頃は王都のお店を回って品物を探してくれているだろう。

鍛冶工房もこれで押さえることができたし、当面の課題の一つは達成だ。

「そういえば、あとでクレマチス姉様が、ロゼと話したいってさ」

「僕もご挨拶させていただこうと思っていたので、こちらこそ是非お願いします」

その時、僕はふと以前に聞いた話を思い出す。

現在、ネモフィラさんに王位継承権を譲ったクレマチス様は、継承戦にて不正を働いた第一王子クロッカスの悪事を調べているとのこと。

魔獣の呪いによって天命を削られた彼女は、すでに長くない命で、それを最後の仕事にするのだと言っているらしい。

「クレマチス様のご容態はいかがですか？」

「いつも通り、元気だよ。本当に、あと少ししか寿命がないなんて、思えないくらい。クロッカス兄様のことも終わらせてくれたし」

「クロッカス王子は結局、どうなる運びになったんでしょうか？」

恐る恐る聞いてみると、ネモフィラさんは少し声を落として答えてくれた。

「公への発表は、まだ先になると思うけど、とりあえずは〝終身投獄〟は決定してるって。でも、またこれから何か出てくれれば、さらに重い刑になるってさ」

「……まあ、この時点で極刑になっていないだけ、マシって感じだと思いますけど」

正直もう少し重い刑だと思っていた。

ただ、これからどうなるかはわからない。

また何かしらの悪事が表沙汰になって、結局は死罪なんてことになる可能性もある。

ともあれクロッカスの件もまだまだ進展があるやもしれないということだ。

その話に一旦の区切りがつくと、ネモフィラさんがふと視線を前にやりながら言った。

「……ロゼは、いつも誰かを助けてるね」

「えっ？」

「私のことも、王様にしてくれた。ミンティのことも、助けてくれた。それで今度は、あの子なんでしょ？」

「……」

ネモフィラさんは工房の整理をするフランを見ながら、僕に問いかけてくる。

静かに頷きを返すと、ネモフィラさんは再び首を傾げた。

「ロゼは、〝人助け〟が趣味なの？」

「そ、そんな奇抜な趣味を持ってるつもりはないんですけど……。ネモフィラさんとミンティを助けたのも、趣味っていうか仕事って感じですし。あくまで育て屋として依頼を受けて、それを完了したまでですから」

　育て屋という職業柄、日頃から人助けをしているように見えるのは必然的なことだ。

　だから別に趣味というわけではないと思う。

「それに今回はまあ、僕たちのためでもありますからね。強くなりすぎたローズとコスモスのために、強力な武器が必要なので、鍛冶師のフランに作ってもらおうと思ってるんです。それで結果的には彼を助けることになったってだけで、別に人助けというわけでは……」

「でもそれ、やっぱりロゼのためじゃないよね」

「んっ？」

「それ、ローズとコスモスのため、でしょ？」

「……まあ、そう言われるとそうなんですけど」

　フランを助けることで得られる見返りは、確かに僕には少ないかもしれないけど……

「一応、僕からもお願いしたいことがありますから、あの二人のことがなかったとしても結局はフランを助けていたと思いますよ。それにローズとコスモスには、これから色々と助けてもらうつもりですから、今のうちから恩でも売っておこうかなぁと……」

「……なんかちょっと、言い訳くさい」

「うぐっ……！」

　少し口早に言ってしまったからだろうか、そのせいでどこか言い訳のようになってしまった。

　でも別に、嘘を言っているわけではない。

僕はただの善意でフランを助けているわけではなく、ちゃんとこちらも得られるものがあると思って手を貸しているだけだ。

なんか、無駄にいい人だと思われるのは嫌なんだよなぁ。

「ちょっと、意地悪な質問しちゃったかな」

「えっ？」

「ロゼが本当にやりたいことって、なんなのかよくわからなかったから。私は今、姉様の意志を継いで、立派な王様になりたいって思ってる。ロゼは今、色んな人を助けてるけど、本当は何が〝やりたい〟の？　ロゼの〝夢〟って、何？」

「……」

僕がやりたいこと。僕の夢。

改めてそう問われると、返答に窮する。

僕の夢って、いったいなんなのだろう？

勇者パーティーにいた時は、両親の仇である竜王軍の壊滅を夢に見ていた。

でも今は他の誰かがやってくれたらそれでいいと思ってしまっている。

育て屋だって昔からやりたかった夢というわけではないし、明確な目的を持って続けているわけでもない。

僕はどうして育て屋を続けているのだろう？　なんでいまだにローズやコスモスのために一肌脱いでいるのだろう？

「……ごめんなさい、考えてもよくわかりませんでした」

「……そっか」

明確な答えを返せずに申し訳ない。

僕自身、本当にやりたいことがなんなのかはよくわかっていないのだ。

今は育て屋として誰かの成長を手助けして、感謝の言葉をもらえるのをやりがいだと感じている。

そもそも育て屋を始めたきっかけも、ローズからの感謝の言葉が嬉しかったからだし。

でもそれなら別に育て屋じゃなくてもいいわけだから、自分が育て屋じゃなければいけない理由、育て屋を続ける理由はちゃんと見定めておかないとダメだよな。

ネモフィラさんは何気なく聞いてきたのだろうけど、きっとその辺りが曖昧だから育て屋を盛り上げようという気概も希薄になっているんだと思うし。

「夢、何かわかったら、その時に教えて」

「はい、それはもちろん」

僕は育て屋としてどこに向かおうとしているのか、今一度よく考えておこうと思った。

◇

ネモフィラさんとの会話の後。

素材集めに行っていたローズとコスモスがやって来た。

鍛造用の鋼も無事に手に入り、鍛冶場も押さえることができた。

後はフランが魔獣を倒して神素を獲得すれば、強い武器を打てるようになるはず。

というわけでいよいよ、フランと一緒に魔獣討伐へ向かうことにした。

場所は王都近くにある森の中。

ネモフィラさんから聞いた話だと、どうやら最近この森では『悪羊《デモンシープ》』と呼ばれる魔獣が大量発生しているらしい。

見た目は角の長い黒毛の羊らしく、特殊な音波が宿った鳴き声で対象を眠らせる力があるとのこと。

話に聞くだけでもそれなりに厄介な相手というのはわかるが、僕たちはそれを討伐対象にした。

いつもならヒューマスの町の近くで、比較的倒しやすい魔獣を相手にするのだが、今回は貸してもらう工房が王都にあるということでこの辺りで狩りをするのが効率的なのである。

競売会まであと三週間しかないし、ヒューマスの町まで戻っている時間も惜しいのだ。

幸い悪羊は、硬い外殻に覆われていたり空を飛んでいるわけでもないので、今のフランでも討伐は可能だ。

僕からも支援魔法を掛けるし、何より隣にはローズとコスモスがついている。

それが一番の安心材料となり、王都近くの森での魔獣討伐に踏み切ったのだった。

ただ……

「……やっぱり、まだ怖いかな？」

「う、うん、まあ」

悪羊を探すために森を歩いていると、フランの体が震えていることに気が付いた。

フランも覚悟は決めていたが、いよいよ戦闘間近になって恐怖を滲ませている。

同じ鍛冶師だった父親を魔獣被害で亡くしているのだから、それも無理はない。

「まだ心の準備ができてないなら、急いで無理する必要は……」

「ううん、三人にここまでしてもらったんだし、ボクが弱音を吐くわけにはいかないよ」

フランはぎこちない笑みをこちらに向ける。

そんな姿勢を見せられたら無理に止めることもできないと思って、僕はせめて怖さを紛らわせてあげるために話を振った。

「確か、お父さんが鍛冶師で、素材採取をしてる時に魔獣に襲われたって言ってたよね？　お父さんは用心棒とかを付けずに、一人で素材の採取に行ってたのかな？」

「うん。ボクのお父さん、鍛冶師としての稼ぎが少なかったから、護衛とか付ける余裕がなかったんだ。やる気と情熱はすごかったんだけど、武器の造形がかなり〝独特〟で、なかなか売れなくて」

「……それは少しだけ見てみたいな」

フランは少し気を楽にしたように、頬に僅かな笑みを浮かべる。

それからお父さんのことを思い出しているのか、空を見つめながら嬉しそうに語った。

「ボクはお父さんの武器、すごくいいと思ってたんだけど、誰にも認めてもらえなくてさ。それでもお父さんは夢を諦めずに、鍛冶師として武器を打ち続けたんだ」

「お父さんの夢？」

「というか、鍛冶師なら誰でも一度は夢に見ることだよ」

何のことだろうかと思っていると、フランはくすりと笑って教えてくれた。

「『宝剣』って、聞いたことないかな？」

「ほう……けん？」

「簡単に言うと、その時代において〝最高の武器〟のことだよ」

最高の武器……？

それって、いったいどんな基準で決めるのだろうか？

「十年に一度、ピートモス王国で開催される『剣麗会《けんれいかい》』。そこには腕利きの鍛冶師たちが集まって、作り上げた渾身の作品を競い合うんだ。武器の性能はもちろん、見た目の美しさまで。鍛冶師の技術力と独創性が試される至極の晴れ舞台なんだよ」

「……パーライトの町で開かれてる武器防具専門の競売会と、似たようなものかな？」

「うーん、どっちかって言うと、剣麗会に似てるのが競売会って感じかな。剣麗会は昔からあるものだし、武器職人が現れ始めた時代に、職人たちが実力試しのために始めたものらしいからさ」

「へぇ、そうなんだ」

パーライトの町で行われてる競売会は、あくまで後発のものなんだな。

もしかしたらその剣麗会を参考にして、武器防具専門の競売会が開かれるようになったのかもしれない。

「その剣麗会で〝最高の武器〟と認められたものが、『宝剣』って呼ばれてるんだよ。ボクのお父さんはその宝剣に憧れて、いつかそれを作ることを夢に見てたんだ。でも、素材採取のために森に入ったところを、魔獣に襲われて……」

「……」

その先の言葉は、フランの悲しげな顔を見るだけで、言われずともわかった。

ゆえに何も返さずに黙っていると、フランが熱の籠った声で宣言した。

「だからボクは、いつかお父さんの代わりに宝剣を作って、一流の鍛冶師として認められたいなって思ってるんだ。それがボクにできる唯一の、お父さんへの罪滅ぼしだから」

「罪、滅ぼし……？」

穏やかならざる響きに、僕は思わず眉根を寄せる。

その反応を見たフランは、慌てたようにかぶりを振った。

「ご、ごめん。罪滅ぼしって言ったけど、別にそんなに大袈裟なことじゃないんだ。ただボクは、お父さんと〝仲直り〟がしたいだけなんだ。お父さんと〝別れる時〟に、心残りのある別れ方をしちゃったからさ」

「……その、不躾かもしれないんだけど、お父さんと何があったのか聞いてもいいかな？」

「全然大丈夫だよ。簡単に言うとね、お父さんと〝喧嘩別れ〟みたいになっちゃったんだ。お父さんは昔から宝剣を打つことを夢に見ていて、気が付けばボクも同じ夢を持つようになってたんだ。それでいつか一緒に、『宝剣って呼ばれるくらいの武器を作ろうね』って約束してて」

フランは自らの右手に視線を落として、弱々しく握り込む。

「でもボク、小さい頃からまったく鍛冶の腕が上達しなくてさ。ある時、自分の不甲斐なさに引け目を感じて挫折しかけちゃったんだ」

「鍛冶師をやめようとしたってこと？」

「うん。その時にお父さんは、ボクが夢を諦めないように精一杯慰めてくれたんだ。自分もまだまだ売れない鍛冶師だけど、努力を続けていればいつか夢は叶えられるって。だから一緒に頑張ろうって。それなのにボク、いじけてたせいでお父さんに冷たく当たっちゃって……」

フランの悲しげな声を聞いて、僕たちもやるせない気持ちになった。

どれだけ武器を打ってもボロボロのなまくらしか打てないフラン。

そんな自分に嫌気が差して、鍛冶師をやめようとしてしまうのも無理はない。

「そんなボクのために、お父さんは慰めの〝品〟を作ろうとしてくれたんだ。たとえ誰にも認めてもらえていなくても、努力を続けていればいつかこんな武器を打てるようになるぞって。その武器を作るために、お父さんは無茶をして、森の深くにある素材を取りに行こうとして……」

お父さんが亡くなったのは、その時だったとフランは語ってくれた。

その時に魔獣被害に遭ってしまい、結果的に喧嘩別れのようになってしまったと。

「だからボクは、お父さんと仲直りするために宝剣を作りたいって思ってるんだ。お父さんの言ったことは間違ってなかったって証明して、あの時冷たく当たっちゃったことを謝るために」

「……そっか」

フランが一流の鍛冶師を目指している理由を知り、僕は深く納得する。

同時に、ヒューマスの工業区にてブルエが言っていたことを思い出した。

『死んだ父親のために鍛冶師になりてえのか知らねえが、てめえが打つだけ資材の無駄になるんだよ。所詮てめえも志し半ばで死んだ無能の父親と同じだってことだ』

となると、奴もフランの事情を知っていたってことか。

そこにかこつけて、ブルエはフランの不手際を責め立てて追い出そうとした。

陰湿な奴だ。

「それならやっぱり、フランはどんどん強くなった方がいいってことだね。自分の手で宝剣を作るためには、それだけまた大量の神素が必要になるわけだし」

フランの『神器匠』の天職には絶大なる可能性が秘められている。

もしその力を完璧に使いこなすことができれば、宝剣と呼ばれるほどの武器も作り出すことができるだろう。

しかしそれを自らの手で成し遂げるためには、やはり強さが必要になる。

多くの魔獣と渡り合って、強力な武器の源となる神素を得るための強さが。

「……そう、だよね。だから魔獣を怖がるのも、ちゃんと直した方がいいよね」

「うん。その方が後々フランのためにもなるし、それにフランだって男の子なんだから、自信を持って魔獣を倒せるようになれたらかっこよく見えると思うよ。それまでは僕が全力で……」

と、締めくくりの宣言をしようとした時——

傍らの茂みから、不穏な気配を感じ取った。

「――っ！」

僕は咄嗟にフランの体を抱える。

信じられないほど華奢な彼の肉体に驚きつつも、僕は地面を蹴って後方に飛び退《の》いた。

瞬間、〝黒い影〟が僕たちの目の前に飛び出して来る。

角の長い黒毛の大羊――悪羊。

支援魔法の一つである感知魔法を使っていたおかげで、間一髪で接近に気が付くことができた。

敵が姿を現すと、ローズとコスモスも顔を引き締めて身構える。

僕は、体を震わせるフランを下ろすと、先ほどの言葉の続きを告げながら小さな背中に手を当てた。

「僕が全力で、君を助けるから、怯えなくても大丈夫だよ」

フランが競売会で勝てるように。

宝剣を作れるほどの鍛冶師になれるように。

喧嘩別れしてしまったお父さんと、仲直りができるように。

僕が育て屋の力の限りを尽くして、神器匠フランを一人前に育て上げてみせる。

フランは怯えながらも討伐用の剣を構えて、その切っ先を魔獣へと向けた。

◇

「だ、大丈夫かフラン？」

「う、うん。なんとか……」

森での悪羊討伐を続けること三時間。

討伐は思ったように上手くいかず、いまだに五体しか倒すことができていない。

そこでフランにも疲れの色が見え始めたので、僕たちは近くの木陰で休むことにした。

ローズとコスモスが携帯食料の乾パンをかじる中、フランは食の手が進まずに俯いている。

単純に疲労感を覚えて固まっているわけではなく、罪悪感を滲ませているようだった。

「……ごめん、ちゃんと魔獣討伐できなくて。三人に付きっきりで見てもらってるのに」

「気にすることないよ。初めての魔獣討伐なんだし、怖がるのは自然なことだ」

フランはいまだに、魔獣への恐怖心を振り払えずにいる。

僕が支援魔法を掛けて、ローズとコスモスが上手く魔獣の隙を作り出してくれても、身が竦んで攻撃ができずにいるのだ。

コスモスのように遠距離から攻撃できるならマシだっただろうが、フランは攻撃のために魔獣に接近する必要があるから。

フランはいまだに罪悪感を滲ませるように吐露する。

「……生き物を斬る感覚っていうのも初めてだし、まともに剣を振ったこともなかったから、まだ勝手がよくわからなくて。こんなに難しいだなんて思わなかったよ。ローズはいつもどうやって剣を振ってるの？」

フランに尋ねられたローズは、〝にぱぁ〟と笑って答える。

「私もよくわからないのでテキトーに振ってますよ。力の限りぶんぶん振っちゃえばいいと思います。それで簡単に倒せますから」

「ぶ、ぶんぶん？」

「ごめんフラン。ローズの言ったことはあんまり当てにしないで」

あまりにも大味すぎるアドバイスだ。

ローズはそれだけで敵を圧倒できる力があるから、テキトーに振っていても形になっているだけなのに。

他の人が同じ戦い方をして、満足に能力を発揮できるはずもない。

「あんまり無茶な戦い方をすると、変な癖とか身に付いちゃうかもしれないし、今後のためにもフランはちゃんとした戦い方を覚えてね」

「あの、それだと私がおかしな戦い方をしているみたいになりませんか？」

実際少しおかしいので否定はしないでおいた。

鋭い一撃も度々見せてはくれるが、やはり力任せの攻撃が多い印象があるから。

まあ、それで勝てるからいいと思うけどね。

ふと、フランの額に疲れの汗が滲んでいるのが見えて、僕は労いの言葉を掛ける。

「辛いなら、今日はもうこの辺でやめておくか？」

「う、ううん。まだ大丈夫だよ。他のみんながこんなに頑張ってるのに、ボクが先に音を上げるわけにはいかないからね」

フランは額の汗を拭ってから、傍らに置いてある剣を手に取る。

「それに、ロゼのおかげで天職のレベルも上がってきたし、〝新しい能力〟も目覚めたから、もっと色んなことができるようになりたいんだ」

フランはぐっと拳を握り込んで意気込んだ様子をこちらに見せた。

いまだに悪羊の討伐数は五体。

でもそれだけでかなりのレベルが上がり、フランの言う通り新しい力も目覚めた。

【天職】神器匠
【レベル】10
【スキル】神槌　神査《しんさ》
【魔法】
【恩恵】筋力：E145　敏捷：E120　頑強：E120　魔力：F0　聖力：D215

神器に宿された天啓を取り出すことができるスキル――【神査】。

コスモスがこぼした愚痴を神様が聞き届けてくれたかのように、神器の天啓を調べられるスキルが目覚めたのだ。

これでフランはいつでも好きな時に、自分で打った神器の詳細を確かめることができる。

「まだ全然魔獣を倒せてないのに、もうこんなにレベルが上がるなんて、ロゼの力はすごいね。支援魔法もとっても心強いし……」

「まあそれだけが取り柄だからね。フランの成長に役立つことができてよかったよ」

育て屋として役に立てているようで僕も嬉しい。

ただ、今回の一件で僕も育て屋として新たに気付いたことがある。

魔獣に怯えている人を強くしてあげるのは、すごく難しいことなんだな。

今までは魔獣討伐に抵抗のない冒険者の手助けをしてきたから、あまり気付くことはなかったけど、依頼主が魔獣を怖がっていることだってあるのだ。

そういう人が育て屋を訪ねて来る可能性も充分あるだろうし、もしかしたら今後、そういった心の面から改善してあげなくちゃいけないこともあるかもしれないな。

強さとは何も、力のことだけを示しているわけではないから。

だから臆病なフランのことも、この三週間で男らしくしてみせる。

◇

その後、フランは魔獣への恐怖心と戦いながら、なんとか悪羊を追加で三体倒すことができた。

元々臆病な性格で、お父さんのことがあるため魔獣への恐れが人一倍大きい。

それでも僕たちが背中を押すと、フランは勇気を振り絞って、あるいは協力している僕たちに報いるかのように、魔獣に立ち向かい続けた。

今日一日だけでも、天職と心のどちらもかなりの成長があったように思う。

帰り道、ドロドロでヘトヘトになっているフランに向けて、僕は労いの言葉を掛けた。

「男らしくてすごくかっこよかったよ、フラン」

「えっ？　そ、そうかな……？　え、えへへ」

フランは白魚のように透き通った頬をほのかに染めて恥ずかしがる。

そういう顔をすると途端に少女っぽくなってびっくりするからやめてほしい。

ともあれ無事に魔獣討伐が終わり、悪羊も八体倒すことができたので、お試しに蓄えた神素を使って武器を作ってみることにした。

本当に武器に神素を打ち込むことができるのか。

性能に変化はあるのか、またどのような変化があらわれるのか。

いつもみたいなボロボロの剣にはならないのか。

あと、密かに気になっていたことで、蓄えた神素を打ち込んだらフラン自身のレベルはどうなるのか。

体内に蓄えられた神素を外に出したら、天職のレベルとか下がったりするのかな？

などなど確かめるために王城の工房に戻って、さっそく作業を進めていく。

今日は魔獣討伐をして疲れているから、明日でもいいんじゃないかと思った。

でもフランは、まともに戦えなかったことを申し訳なく思ってか、『今日でも大丈夫』と語気を強めて言っていた。

あまり無理はしてほしくないが、時間がないのもまた事実。

止めるのも憚られてしまい、結局その日のうちに武器作製をすることになった。

「僕たちでも手伝えることとかあるかな？」

「今は大丈夫だよ。みんなの方こそ、ボクのサポートばっかりで疲れてると思うから、ゆっくり休んでてほしいな」

と言われてしまったら、大人しく見守るほかない。

まあ下手に手出しして迷惑をかけるよりかはいいのかな。

僕たちは鍛冶作業についてまったくの素人だから。

ただ、素人目ながら、フランの手際はとてもいいように見えた。

雑用ばかりを押しつけられていたと聞いたけれど、鍛冶師としての鍛錬は人知れず行っていたらしい。

見る間に作業が進んでいき、いよいよ金槌による鍛錬工程に移る。

【神槌】のスキルが発動するのは鍛造時と記されていたので、この段階でフランが今日得た神素が鋼に注ぎ込まれるはずだ。

熱された鋼が金床の上に置かれて、フランの顔が下から明るく照らされる。

まるで田舎村の麦畑の手伝いをしていそうな、可憐な少女のような風貌のフランだが、工房用の眼鏡と作業エプロンを着用し、鋼の熱に照らされているその姿は、疑いようもなく男らしい職人のそれだった。

そしてついに、フランが鋼に金槌を打ち下ろす。

カンッ！

甲高いその音が城内工房に響いた瞬間、火花と一緒に〝純白の光〟が弾けた。

「――っ⁉」

フランは自分の手元に目を落として唖然とする。

傍らでそれを見ていた僕たちも目を見張って、今のが見間違いじゃないか確かめるように言葉を交わした。

「し、白い光が、見えたわよね……？」

「どど、どういうことですかロゼさん⁉」

「たぶん今のが神素を打ち込んだ反応だ。【神槌】のスキルの効果で、フランに蓄えられてる神素が武器に注ぎ込まれたんだよ」

これが『神器匠』による武器鍛造の光景。

これだけで一つの見世物にできるような、それほどまでに美しい姿に僕の目には映った。

フランも自分の力を自覚できたようで、続けて鋼に金槌を打ちつける。

カンッ！　カンッ！　カンッ！

その音が響く度に、先ほどと同じ白い光が弾けて、僕たちは自ずとその光景に目を奪われた。

ちなみに、フランのレベルは特に変わっていない。

武器に神素を注ぎ込んだ影響で、天職が弱化してしまうのではないかと思ったが、一度天職の糧になった神素は体内に放出されても問題はないようだ。

やがて鍛冶作業は終わりに差しかかり、鋼はしっかりと剣の姿に成形されていた。

時刻はすっかり真夜中で、魔獣討伐の疲れも残っているのか、フランは玉のような汗を滲ませている。

それを手巾《しゅきん》で拭いながら、出来上がった黒い直剣を持ち上げて、改めて刀身を眺めた。

「これが、ボクの打った剣……」

いつものようなボロボロの姿になることはなく、ちゃんと鋼の剣として仕上がっていてフランは感動と驚きを中性的なその顔に滲ませた。

やっぱりフランは未熟な鍛冶師なんかではない。

ちゃんと技術と情熱を持ち合わせている立派な鍛冶師なんだ。

神素を得て、自分の力の使い方を理解すれば、このようにまともな剣だって打つことができる。

次いでフランは、ハッと思い出したように【神査】のスキルで剣の天啓を取り出した。

僕の【神眼】のスキルには剣の詳細がすでに映っているけれど、フランはその天啓を僕たちの方に見せてくれる。

【名前】黒鉄の直剣
【攻撃力】150
【スキル】自動研磨

【耐久値】100／100

「すごいですねフランさん！　ちゃんと鋭い剣になっていますよ！」

「うん、上手くいってよかったよ。でも、スキルのところに【自動研磨】っていうのがあるけど、これってどういうことなんだろう？」

それも【神査】のスキルを使えば詳細を確かめられるけれど、早めに僕が教えてあげる。

「時間経過で自動的に刃こぼれとかが直っていくらしいよ。いちいち自分で剣を研ぐ必要がないスキルみたいだ」

「えぇ!?」

フランは自分で作った神器を見ながら驚いている。

フランの鍛冶師としての可能性はまさにここにあるだろう。

普通の武器では考えられないような超常的な力が宿るということ。

おそらく注ぎ込む神素の量を変えたり、【神槌】のスキルのレベルが上がればまた違った能力を覚醒させられると思う。

世に魔法道具なる特殊な力を宿した代物ならあるが、あれは魔法効果が切れるとただのガラクタに変わってしまう。

そうでなくても魔法道具はそれ自体が脆く、実用的な効果を含んでいるものは数が少ないので、戦闘で役立つスキルを武器に付与できる『神器匠』はまさに冒険者たちにとって希望の星となるだろう。

今回出来上がったお試しの剣でも、相当の価値があると僕は思う。

それに、より多くの神素を注ぎ込めば、切れ味だって業物《わざもの》クラスになるだろうし、並の鋼でさえ最上級の武器に昇華させられるのは唯一無二の才能だ。

ただ……

「すごい力が宿ってるのはわかったけど、〝見た目〟じゃそういうのはまったくわからないわね。なんて言うか、平凡な見た目じゃない？」

コスモスが思っていることをズバッと告げて、僕たちは遅れてハッと気が付いた。

フランの打った剣は、普通の剣にはないような特殊能力が付与されている。

切れ味や耐久性についても、これはまだ店売りのものと大差はないように見えるが、より多くの神素を打ち込んで武器を作れば、性能も遥かに向上するだろう。

ただ、見た目に関してはその限りではない。

いくら強い天啓が付与されても、剣の見た目は〝素材〟と〝鍛冶師の技量〟によって左右される。

前と違ってボロボロの見た目ではなくなったけれど、あくまでそれはまともな剣に仕上がっただけという話だ。

他の鍛冶師が同じ素材で打っても、見た目はほとんど同じになるだろう。

スキルが付与された剣、という触れ込みは魅力的なように聞こえるけれど、果たしてそれだけで競売会でブルエに勝てるのだろうか。

『武器の性能はもちろん、見た目の美しさまで。鍛冶師の技術力と独創性が試される至極の晴れ舞台なんだよ』

そう語られた剣麗会と競売会は、似た催しだと聞いた。

となるとやはり、お客さんが求めているものは、性能がいいだけの武器じゃない。見た目にまで力を入れなければ、お客さんの心を奪うことはできないのだ。

「武器の見た目、か……」

難しそうな顔をするフランに、僕たちは何も言葉を掛けることができなかった。

そこだけは、僕たちが介入する余地がないから。

神器作製のための神素取得の手伝いならいくらでもできるけれど、武器の造形に関してはフランの手腕によってすべてが決まる。

どのような素材を使い、どのような造形でお客さんの心を惹きつけるか。

競売会でブルエに勝つためには、フラン自身が鍛冶師としてこの壁を乗り越えなければならないのだ。

「……僕たちでもできることってあるかな？」

それでもフランの力になりたくて声を掛けると、彼は真剣な表情でかぶりを振った。

「大丈夫、魔獣討伐の手伝いをしてくれるだけですごく助かってるよ。それにそこだけは、他のみんなに頼っちゃダメだと思うから、ボク自身でなんとかしたいんだ」

フランの顔に焦燥感は見受けられず、覚悟を決めたような男らしい表情をしていた。

強く固い信念を持った職人らしいその姿に、僕たちは思わず目を奪われた。

それから僕たちは、引き続きフランの魔獣討伐の手伝いを行った。

そしてフランは並行して鍛冶修業の方にも取り組み、鍛冶師としての腕も磨いていく。

恐怖心と戦いながら森で魔獣を倒し、工房に帰ると寝る間も惜しんで金槌を振るう。

それだけでなく、町で色んな素材もかき集めて、競売会出品用の武器の構想を練ったり、過去に高値が付いた品を調べて傾向を探ったり、競売会に向けて準備を怠ることをしなかった。

体力的に厳しい過密なスケジュールで、僕たちはフランの体を心配したけれど、彼は父親譲りの根気と情熱でひたすらに修業に取り組み続けた。

そして僕は、そんなフランに四六時中離れず付き添った。

育て屋として成長の手助けをするため、そして純粋に鍛冶師フランを応援する者として背中を押すために。

彼の渾身の一振りが出来上がる、その時まで。

第三章　競売会

ブルエ・アンヴィルは、あの〝情けない男〟の姿を思い出す度に疑問に思う。

なぜ母は、あんな能無しに目を掛けていたのだろうか。

作る武器はすべてなまくら。折れる寸前のゴミ屑ばかり。

要領も悪く、根性もない。

強めの言葉を掛けただけで涙を滲ませるような、あの泣き虫鍛冶師のどこに惹かれたというのか。

『行くとこないなら、アタイのとこで面倒見てやるよ。好きなだけうちの工房で作りたいもん作りな』

母のキキョウ・アンヴィルは、稀代の天才鍛冶師として名前が知られている。

ピートモス王国の剣麗会《けんれいかい》でも優秀賞を取るほどで、特に独創性に関して高い評価を得ているのだ。

奇抜でありながら万人の心を打つ美麗な造形。

武器としての性能はもちろん、使用者に最大限配慮した使い勝手も魅力の一つとして挙げられている。

そんな類稀《たぐいまれ》なる鍛冶師としての才腕を持ち、キキョウは過去三回、剣麗会にて優秀賞を取った経験がある。

本来出展すら難しく、一生のうちに一度でも参加が叶えば鍛冶師としてのブランドも獲得できるほどの催しで、三度も続けて賞を取った鍛冶師はキキョウを除いて他にはいない。

ゆえに百年に一度の逸材と言う者もいるほどだ。

ブルエはそんな母のことを、少なくとも鍛冶師としては尊敬していた。

『なんであの無能を工房に入れやがったんだ！　ただでさえ抱え込んでる若手が多いってのに、あんな才能無し入れるだけ無駄だろうが！』

『無駄かどうかはアタイが決めることだよ。それにあの子に才能がないって、簡単に決めつけないことだね』

キキョウはそう言って、能無しのフラックス・ランを工房に置き続けた。

どこに才能があるのか問いかけても、キキョウは何も教えてはくれなかった。

自分で気が付けということなのだろうが、いくらフランの武器を見ても才能の片鱗はまるで感じなかった。

どころか苛立ちばかりを感じさせられた。

どうしてこんな才能無しが同じ工房にいて、あのキキョウ・アンヴィルに目を掛けられているのか。

極めつきは……

『ボ、ボクはいつか、業物《わざもの》を手掛けて剣麗会に出展したいです。それで宝剣の称号をもらって、お父さんの夢を代わりに叶えてあげたいです』

他の職人たちとそんな話をしているのを耳にして、ブルエは憤りを抑えられなかった。

あの才能無しが、よもや自分と同じ目標を持っているだなんて認められなかった。

途端、自分が追い求めていたものが、とても小《ち》っぽけなものに思えてきてしまった。

剣麗会はこんな愚図が目指せるようなお手軽な式典ではない。

選ばれた才覚ある鍛冶師だけが武器を持ち込むことを許された、まさに鍛冶師にとっての夢の舞台だ。

『ババアに目ぇ掛けられてるからって、調子に乗ってんじゃねえ……！』

ブルエはフランに、手厳しく当たるようになっていた。

不相応にも剣麗会の舞台を夢見るフランに、現実の厳しさを叩きつけて、工房から追い出してやろうと思った。

『遅ぇんだよ！　ノロノロ動いてんじゃねえ！』

『ご、ごめんなさい……』

フランに罵声を浴びせる度に、キキョウからは『工房の空気を悪くするな』とか『これ以上横暴が目立つようなら工房を追い出す』と注意を受けてはいたが、それがますますブルエの怒りに油を注いだ。

ブルエはキキョウが見えないところでフランを叱責したり、執拗な嫌がらせを繰り返すようになった。

お前に鍛冶師は務まらねえ、さっさとやめちまえという思いが行動にあらわれたかのように。

そんなある日、工房長のキキョウが病で倒れた。

元から体が弱いキキョウは、度々治療院の世話になることがあったが、月を越えるような長期入院は今回が初めてだった。

そのため一時的に、工房長が不在になる事態となった。

キキョウは工房の職人たち全員で協力して、工房を守ってほしいと言っていた。

だがブルエの横暴で、強引に工房長代理を決めることにして、鍛冶師としての腕を主張したブルエが代理を務めることになった。

好き放題ができる環境になり、彼はますますフランに対する嫌がらせを加速させた。

それでもフランは、決して折れることはなかった。

『いい加減にしろクズフラン！　雑用もまともにできねえ能無しは工房にはいらねえんだよ！　さっさとここから出て行け！』

そしてついには、不手際を理由にして、工房から無理矢理に追い出そうとした。

だというのに……

『確かにあなたの持ってるその剣も、かなりの業物だとは思います。けど僕はフランさんの打った剣の方に強く惹かれました。武器製作の依頼は、是非フランさんに引き受けていただきたいと思います』

どいつもこいつも、フランの剣の方を高く評価した。

天才鍛冶師キキョウも……

フランに鍛冶依頼を出して、工房に残る理由を与えて首の皮一枚を繋げたあいつも……

フランのどこに強く惹かれたというのか、ブルエは結局何もわからなかった。

だから今度こそ、きっちりと証明してみせる。

競売会という舞台で、大勢の証人がいる目の前で、自分の方が鍛冶師としての才能を持っていることを。

あの無能の泣き虫小僧では、到底鍛冶師など務まらないということを。

その憤りを乗せた渾身の逸品を手に、ブルエは競売会へと臨んだ。

◇

「それではいよいよ、競売会を始めさせていただきまーす！」

出品者たちの控え室。

そこでは多くの鍛冶師たちが、自分が手掛けた武器が競売に掛けられるのを緊張した面持ちで待っていた。

すでに持ち込んだ品は競売運営の方に渡しているため、皆がどのような逸品を仕上げて来たのかはわからない。

だがそこにいる誰もが手先に癖ダコや傷を残しており、手掛けてきた品数の多さを彷彿とさせている。

見るからに腕利きの鍛冶師たちが勢揃いしていた。

しかしブルエは、その中でも異彩を放ち、余裕綽々といった姿勢で構えている。

「おい、あれって鍛治師キキョウの息子の……」

「あぁ、ブルエ・アンヴィルだ」

ヒューマスの町で、キキョウに次いで鍛冶の腕に秀でており、各所の評品会では賞を総なめにしているブルエ。

キキョウの息子ということもあって、鍛冶師たちの間では広く名前が知られている。

そのため周りからは注目を浴びており、実際競売会に参加している多くの客はブルエの品を楽しみに見に来ていた。

「やっぱり客たちはブルエの品が目当てだよな」

「あぁ。時機が悪かったとしか言えねえよ」

そんな声がチラホラと聞こえて来て、ブルエは鼻で小さく笑った。

注目されている品があれば、当然客たちはそちらを狙って高い金額を付けるようになる。

ゆえに他の出品物には高値が付きづらくなり、評判などもすべてブルエに掻っ攫われてしまうということだ。

（……せいぜい俺の引き立て役になることだな）

と、思っていたその時、ブルエの視界に見慣れた亜麻色の髪が映り込んだ。

女と見間違うような風体。

威厳の欠片もない弱々しい雰囲気。

他の連中と違って指先も綺麗に整っており、相変わらず鍛冶師らしい風格は感じられなかった。

……その代わり、と言ってはなんだが、以前の華奢な体格からは変わって、作業着の内側に隠された肉づきは僅かに増しているように見える。

（……まあいい）

ブルエは注目を浴びる中、控え室の端で控えめに立っているフランに声を掛けた。

「怖気付かずに来たみてえだな、フラン」

「……」

フランは以前とは変わって、確かな視線をこちらに返してくる。

前は話しかけただけで俯いてしまい、こちらと目を合わせようともしなかった。

工房から追い出している短い期間に、何か心変わりがあったのかもしれない。

周囲から訝しむような目を向けられる中、ブルエはフランに対して嘲笑を浴びせる。

「ちゃんと武器は作れたのかよ？　ま、どうせ作れたとしても前みてえなボロボロのなまくらだろうけどな」

続けて競売会の本会場への入り口に目を移しながら、まるで脅しを掛けるように続けた。

「そんな才能で競売会から逃げなかった勇気だけは褒めてやるよ。だが、この先で待ってるのは客たちからの嘲笑と恥辱だけだぜ。あんなさびついたなまくらをこんな大舞台で見せちまったら、会場は逆の意味で大盛り上がりだろうからな」

それこそがブルエの目的でもあった。

この鍛冶師の晴れ舞台で赤っ恥を掻かせて、今度こそ徹底的に心をへし折る。

鍛冶師としての才能がないとはっきりと自覚させて、あの工房からだけではなく鍛冶師の世界そのものから挫折させる。

そう企むブルエの前で、フランは勇気を振り絞ったように、震えた声を返した。

「……ちゃんと、武器は作って来ました」

「あっ？」

「今のボクに作れる、最高の一品を持って来ました。これでボクは、ボクの力を認めてくれた人たちが正しいと、ちゃんと証明してみせます」

「――――っ！」

憤りのあまり、思わず手が出そうになった。

だが、拳に力を込めただけにとどまり、ブルエは舌打ち混じりに返す。

「せいぜい今のうちに吠えておけよ。どの道俺の剣を見た瞬間、てめえは才能の違いに絶望することになるんだからな」

その言葉を合図にするかのように、会場から司会の女性の声が聞こえて来た。

「続きまして、皆様お待ちかねのあの鍛冶師の剣……ブルエ・アンヴィルの新作となりまーす！」

会場の熱気が歓声となってこちらまで届き、鍛冶師ブルエは観客たちの前に姿を現した。

熱の籠った注目を浴びる中、その隣にブルエの品が飾られている展示台が運ばれて来て、全体を覆っていた布が勢いよく取り払われる。

「……美しいな」

ブルエの剣を見た者は、揃ってそんな第一声を漏らした。

台に飾られた一振りの長剣は、鞘と共に並べられており、照明によって刀身が深く青光りしている。

いささかの淀みもない吸い込まれるような濃紺の刃は、一流の鍛冶師によって鍛え上げられていて、この舞台で飾られたどの武器よりも鋭く研ぎ澄まされているように見えた。

その長剣と共に壇上に立ち、観客たちの視線を一身に浴びて、ブルエは笑みをたたえる。

これこそが一流の鍛冶師のみが味わうことを許された、唯一無二の幸福感だ。

自分の実力が認められているという事実が声となって届き、ブルエは歓喜に身を震わせた。

「相変わらず素晴らしい出来栄えですね！　こちらの剣、名前が『蒼玉の長剣』となっているのですが、何か理由などがあるのでしょうか？」

司会進行役の小柄な女性が、高い声を張り上げてブルエに問いかける。

すると彼は一歩前に歩き出し、一層観客たちの視線を集めながら司会者の問いに答えた。

「宝石のような美しさを持つ剣、ということもそうですが、この剣の名前は使った素材にも由来しています」

「……と、言いますと？」

「光の加減によって青色に輝く美しい湖……『サファイアオーシャン』。その水底に眠る希少素材……『蒼水石《そうすいせき》』。加工によって美麗な濃紺を映し出す反面、鍛冶加工が遥かに難しいことで広く知られています。今回はその石を使い、鋭利でありながら丈夫かつ流麗な一振りを打たせていただきました」

普段の素行とは打って変わって、丁寧な口調で自分の剣を宣伝するブルエ。

競売会に出品された品は、基本的には司会役が紹介文を読み上げたり、実演用の木偶《でく》を用いて宣伝を行ったりする。

しかし中には打ち手自らが壇上に立って宣伝を行う場合もある。

ブルエは自らの鍛冶師としてのブランドを理解して、このような場では常に自分の口で武器の宣伝を行っていた。

整った顔立ちや溢れ出るカリスマ性などが高く評価されて、界隈では彼自身を熱心に想う愛好家《ファン》も少なくない。

「では、この度も失礼して、鍛冶師の私自ら武器の実演をさせていただきたいと思います。私自身、剣技の心得はまったくなく、お見苦しいところを見せてしまうかもしれませんが、何卒ご容赦くださ い」

その声を合図にするように、運営の人間たちが舞台の脇から木偶を持って来た。

大人の男性ほどの大きさの木製の人形。

本日出品された武器の実演で酷使されたあまり、所々に傷が付いている。

一応は神聖な力を帯びた神木によって作られているため、普通の訓練用の木偶よりはかなり強固な造りになっている。

この木偶に傷を付けられるか否かが、業物としての基準の一線になっているとも言えるほどだ。

ブルエはそんな木偶の前に立ち、自らが手掛けた蒼玉の長剣を構えた。

「はあっ！」

鋭い一撃が、実演用の木偶に打ち込まれる。

剣技の心得がないとは言いつつも、それなりに様になっているその一太刀は、木人形の首を音高く斬り飛ばした。

ゴトッ！　と煉瓦造りの壇上に首が落ちた瞬間、会場から歓声が迸る。

「まともに傷すら付けられない武器もある中、一太刀で首を飛ばすとは！」

「見た目だけではなく、剣としての出来も凄まじいな！」

「あのブルエ・アンヴィルの一作というだけでも相当な価値がある！　これは競売が荒れるぞ！」

ブルエの鍛冶師としてのブランドだけではなく、当然の如く性能と造形も群を抜いている。

これで高値が付かないはずもなかった。

「では、ブルエ・アンヴィル氏の蒼玉の長剣！　他の品と同様に10万フローラから始めさせていただきたいと思います！」

司会進行役の女性がそう言うと、客たちは次々と手を上げ始めた。

通常であれば僅かずつ買い値が上がっていく競売会ではあるが、ブルエ・アンヴィルの魂の一作というだけあって、序盤から本日の最高値を更新した。

参考までに、この競売会における平均的な買い値は30万フローラである。

「１００万！」

「１２０万！」

「200万！」

「350万！」

「さあなんと、本日の最高値だけではなく、この競売会において過去最高記録となる300万フローラを優に超えてしまいました！　他にありませんでしょうか？」

進行役の女性が会場に問うと、皆はどこか戸惑うように目を泳がせた。

だがたった一人、名の知れた資産家の老人が、その動揺の隙を突くように声を張った。

「550万フローラ！」

その宣言に、会場は驚きのあまり静まり返る。

全員のその思いを言葉にするように、進行役の女性が声を震わせた。

「し、信じられません……！　300万を超えただけでも驚きだというのに、なんと500万超えの未知の領域まで踏み込んでしまいました……！　これはあの、法外な依頼料を要求することで名高い、解呪師ロータスの解呪費を上回る高値となります」

解呪師ロータスの解呪費は、あまりにも法外なことで有名だ。

その金額、締めて500万フローラ。

とても一般市民では一括で支払うことができない、なんとも馬鹿げた金額である。

地方に豪邸すら建てられるほどのその金額が、ブルエの蒼玉の長剣に付いたということは、それほどの価値を観客たちから認められたということだ。

（……当然だろ。俺が本気で手掛けたもんが、300かそこらで止まるはずねえだろうが）

ブルエは内心でほくそ笑み、自らの鍛冶師としての価値を改めて実感する。

その傍らで、進行役の女性が会場を見渡して、最後の確認を行った。

「それでは、よろしいですね？」

返答がないとわかり、女性は声を張り上げた。

「これにて、ブルエ・アンヴィル氏が手掛けた蒼玉の長剣は、５５０万フローラで落札となります！　おめでとうございまーす！」

会場は盛大な拍手によって震え、その中心でブルエは拳を上げてさらに観客を煽った。

次いで一瞥するように、控え室の方に目を向ける。

（見たかよフラン。これが本当の鍛冶師の才能だ。てめえにこれだけの金額が出せるかよ）

客を虜にする才腕と独創性。

鍛冶師本人の人間性すら、ブランドとしてブルエは活用している。

ボロボロのなまくらしか打てない泣き虫鍛冶師のフランには、この舞台で同じだけの歓声を浴びる才覚はないとブルエは確信していた。

（せいぜい赤っ恥掻いて、この世界から消え失せな）

ブルエが壇上から下りて、参加者用の席に向かおうとした時――

彼と入れ替わるようにして、次の品が運び込まれて来た。

「さあ、会場の興奮が冷めない内に、続いての品に移りたいと思います。どうやら今回が初めての参加となる、フラックス・ラン氏が手掛けた一品のようですね」

その声に、ブルエの足は自ずと止まる。

振り返ると、壇上の真ん中には展示台が運ばれて、展示物を覆うように布が掛けられていた。

会場の所々からは、ため息混じりの声が聞こえてくる。

「次は無名の鍛冶師の品か」

「ブルエ氏の剣の後とは、なんとも可哀想に」

「どうしたって見比べてしまうな」

どこか嘲笑するような声が上がる中、当のフランが控え室の方から恐る恐るといった様子で出て来る。

なんとも情けないその姿に、会場はますます笑いに包まれた。

ブルエも同じく笑みを浮かべていると、司会者が笑い声を掻き消すように声を張る。

「さあさあ、今回が初めての競売会参加ということで、皆様どうかお手柔らかにお願いいたします！　ではではさっそく見て参りましょう！」

進行役の女性はそう言うと、壇上に置かれた展示台に歩み寄る。

そこに掛けられていた大きな布に手を掛けて、例に漏れず勢いよく取り払おうとしたが……

「せいぜいまともなもん見せてくれよなぁ！」

「せっかくの会場の熱気を冷ますんじゃねえぞぉ！」

「皆様ご静粛に！　どうかご静粛にお願いしま――！」

面白がっている客たちから野次が飛んで来て、女性は思わず手を止めて客たちを宥めようとした。

その時――

進行役の女性が、図らずも布を引いてしまい、前触れもなくそれが衆目に晒された。

「……」

会場の喧騒が、観客たちの嘲笑が、耳障りだった野次の数々が……

その瞬間、まるで時が止まってしまったかのように、完全に消え去った。

なぜなら、壇上の中央に現れたのは……

あのブルエの蒼玉の長剣に負けず劣らずの、見目麗しい〝紅色の直剣〟だったから。

「な、なんだ、あの剣は……？」

「あれが、無名鍛冶師の品……？」

ブルエの蒼玉の長剣がお披露目された時とは、大きく異なる反応。

まるで想定していなかった逸品が突如として現れて、観客たちは言葉を失っていた。

全員が壇上に置かれた紅色の直剣に釘づけになっている。

一方でブルエは、額に脂汗を滲ませながら、人知れず背筋を震わせていた。

（あれを、フランが打ったってのか……？）

信じられないほど澄み切った真紅の白刃《しらは》。

刀身は見たこともないような深みのある光沢を帯びている。

それでいて刃は極限にまで研ぎ澄まされており、手掛けた鍛冶師の技術に疑いの余地は微塵もなかった。

熟練の鍛冶師たちの品々を、これでもかと言うほど目に焼きつけて来た有識者たちでさえも、その真紅の直剣に目を奪われている。

「な、なんということでしょう……！　まさか無名の鍛冶師の一作が、この会場の空気を丸ごと飲み込んでしまいました……！　まさにとんでもない逸品です……」

司会者の女性も声を震わせて直剣を見つめている。

やがて彼女はハッと何かを思い出したようにフランの方に目を移して、競売の進行を再開させた。

「こちらを手掛けられたフラックス氏で、お間違いないでしょうか？」

「は、はい。ボクがフラックスです」

「こちらの剣、名前が『竜骨《りゅうこつ》の紅剣《こうけん》』になっておりますが、何か理由があるのでしょうか？」

先刻ブルエにした質問と同じもの。

それに対するフランの回答は、やや鈍いものだった。

「赤竜《スカーレットドレイク》の骨から作った剣だから、だと思います」

「思う？」

「あっ、いえ……〝だからです〟」

何やら気になる受け答えだったが、司会の女性は気にせずに進めた。

「ブルエ氏が素材に選んだ蒼水石と同様、赤竜の骨も加工が難しいことで有名ですよね。しかしこのような鮮やかな色や光沢が出せるとは聞いたことがありませんでした。まさに職人が為せる技、ということですね」

「い、いえ……」

真っ直ぐな称賛を送られて、フランは恥ずかしそうに身をよじる。

その姿を舞台の下から見ていたブルエは、頭をカッと熱くさせながら歯噛みした。

（な、なんなんだよあの剣……！　なんであいつが、あんなもん持ってくんだよ……！）

これまで打った武器はすべてボロボロのゴミ屑。

まるで伸び代もなかった才能無しのフランが、なぜあのような剣を作り出すことができたのだろうか。

まさか代作？　いや、この大舞台でそのような博打はしないはず。

ここには数多《あまた》の刀匠の品を見てきた有識者たちが揃っている。

その武器を見れば誰が手掛けたものなのかはすぐにわかるはずなので、誰も言及していないことからその可能性はかなり低い。

つまりは正真正銘、フランの自作武器ということだ。

「これは見た目だけではなく、武器としての性能も大きく期待ができますね。ではでは、恒例の通り、木偶での実演にてそれをお見せいただけたらと思います」

その声と同時に、舞台の脇から再び木偶が運び込まれて来る。

先刻のものはブルエが壊してしまったため、今回は傷のない真新しいものになっていた。

それが壇上の中央に設置されたのを確認すると、女性はフランに問いかける。

「ご自分でやりますか？　それとも……」

「あっ、えっと、どなたかに実演してもらえたらと思います」

フランはブルエとは違い、自分で実演しようとはしなかった。

代わりに運営の誰かにやってもらおうとして、同時に一つの要望を申し出る。

「それとできれば、力の弱い人の方がいいなと……」

「ひ、非力な方に、実演を頼みたいということですか？」

「は、はい」

フランがこくりと頷くと、競売会の運営者たちは困惑した様子で目を合わせた。

非力な人にお願いをしたいという、目的不明の要望。

剣の実演をするなら、明らかにその道に心得がある人物の方が適任のはず。

非力な人物に任せてしまったら、雑な扱い方をして武器を傷めてしまう可能性だってあるからだ。

ゆえに関係者たちは、『誰がやる？』というような探り合う視線を交わして、最終的には壇上にいる人物に目が留まった。

「……えっ？　わ、私ですか⁉」

選ばれたのは、壇上に立っていた司会者の女性だった。

見るからに小柄で、明らかに関係者の中では非力な方で間違いない。

「わ、私、剣なんて振ったことないんですけど。それでもよろしいのでしょうか……？」

「はい、大丈夫です。むしろそういう方に試していただきたいので」

「えぇ……」

司会者は不安そうにしている。

もしここで無様な姿を見せてしまったら、その時は出品物の評価がガタ落ちしてしまうからだ。

下手な剣捌きで、木偶に傷の一つも付けられなかった場合、この剣は確実に値が付かなくなる。

絶対に失敗は許されない。

「あっ、もちろん危ないことなので、断っていただいても全然いいんですけど」

「……い、いえ。進行役としてこの舞台に立たせていただいている身ですので、こういったことも経験しておかなければなりません。是非、私にやらせてください」

司会者の女性は冷や汗を滲ませながら、実演役を引き受けてくれた。

そして彼女は『では失礼して』と頭を下げて、竜骨の紅剣を手に取る。

「あっ、意外と〝軽い〟んですね。これならまあ、なんとかなるかと……」

にぎにぎと具合を確かめるように両手で直剣を握っていると、会場の各所から戸惑う声が聞こえて来た。

「ま、まあ、さすがに性能はブルエ氏の剣の方が上だろう」

「同じく希少素材を使っているからと言って、ブルエ氏と無名の鍛冶師では技術力に差があるからな」

「それをあの司会者に任せて大丈夫なのか……？」

ブルエも同様のことを思って、密かに薄ら笑みを浮かべた。

（実演を素人に任せるなんざ、愚の骨頂だな。よほどの自信があったのか知らねえが、てめえはここ

で終わりだよ）

疑念がジワジワと広がる中で、実演役の女性は改めて木偶の前に立つ。

大勢の視線を一身に集めながら、彼女は緊張した面持ちで竜骨の紅剣を振り上げた。

「で、では、参ります……」

ごくりと唾を飲み込んだ彼女は、なんとも情けない声を、腹の底から響かせた。

「せ、せやあっ！」

鋭さの欠片もない、ただ重さに任せただけの乱暴な一撃。

素人くさいその姿を遠巻きから眺めて、観客たちは盛大に笑った。


ドッッゴオオォォォォン!!!


「――っ⁉」

壇上を中心に、強烈な振動が会場全体に広がった。

見ると、直剣を叩きつけられた木偶は、切り傷を付けるどころではなく……

粉々になって、辺りに四散していた。

「ゆ、床が………」

それに加えて振り下ろされた剣は、煉瓦造りの壇の床を貫き、刀身を深々とめり込ませていた。

半分以上も刃が沈んだ光景を見て、観客たちは目を見開く。

同様にブルエも、目の前で何が起きたのか理解できずに、口を開けて固まっていた。

やがて放心していた女性が、ハッとなって焦りを見せる。

「ご、ごご、ごめんなさい!!! 床まで壊すつもりはなかったんですけど、なんかものすごく力が溢れて……！」

「力？」

「こ、この剣を持った瞬間から、何か力が溢れてくるような感じがして、自分が〝強くなった〟ような錯覚すら起こしてしまったんです。う、上手くは言えないんですけど、この剣には何か特別な力があるんですよ！」

「な、なんだよ、それ……」

ブルエのその呟きは、会場中の全員が思っていることだった。

フランの打ったあの剣に、いったいどのような力が秘められているというのか。

ブルエは思わず気持ちを焦らせて、壇上のフランを睨《ね》めつける。

観客たちの疑惑の視線もフランの方に集まり、彼は意を決して皆に答えた。

「ボ、ボクの竜骨の紅剣には、人間が持つものと同じ〝天啓〟が宿っています」

「てん、けい……？」

「ボクが神素を打ち込むことによって、武器には天啓が付与されて、神素の量に応じて性能が向上するようになっているんです。それと装備者に対して影響を与える特殊な〝スキル〟も覚醒します」

天啓とスキル。

それが剣に宿っている。

さらりと言ってのけられたその事実に、全員が頭を混乱させた。

(な、なに言ってやがんだ、あいつ……)

ブルエの疑問の声が聞こえたかのように、フランは説明を重ねる。

「りゅ、竜骨の紅剣には、【剛力《ごうりき》】というスキルが宿っていて、装備者の力を高める効果があります。それによって司会者の女性は、極限まで力を高めることが……できたんです」

大勢の目に慣れていないフランは、自信がなさそうに声を先細りにする。

その様子が観客たちの懐疑心を煽ってしまったのか、各所から厳しい声が上がった。

「デ、デタラメを言うな！　武器に天啓が宿るはずがないだろうが！」

「下手な嘘は競売会参加者たちの心証を悪くするだけだぞ！」

「その司会の女が共謀者で、そいつがただ怪力なだけじゃないのか！」

「し、失礼な！　私は別に怪力じゃないですよ！」

ついには実演に協力してくれた司会者まで疑われてしまい、フランは焦ったように目を泳がせた。

直後、彼は何かを思いついたようにハッとする。

「た、確かに今のでは、少しわかりづらかったかもしれません。ですのでもう一つ、この剣に宿っているスキルを見ていただけたらと思います」

その後フランは、「協力してくださる方はいらっしゃいませんか」と実演者を求める。

するとすぐに疑り深い客たちが手を上げ始めた。

その中で真っ先に手を上げた、前列の席の青年を指し示して壇上まで招く。

ブルエも疑いの視線を向ける中、フランは二人目の実演役に剣を渡した。

「で、では、竜骨の紅剣を持って、『翔べ』と念じてください」

「翔べ？」

刹那――

青年の体が、まるで水底から水面に浮かび上がる泡のように……ふわりと〝飛翔〟した。

「………はっ？」

ブルエは宙を見上げて唖然とする。

場内の全員が同じような反応を示しながら、空中に浮かぶ青年を凝視していた。

（何が、起きてやがんだ……？）

飛んでいる。

まるで鳥のように、人類が空を飛んでいる。

やがて青年が放心しながら壇上に下りてくると、フランは〝失礼します〟と言って剣を返してもらう。

次いでそれを客たちに見せるように掲げた。

「これが竜骨の紅剣に宿っているもう一つのスキル、【飛翔《ひしょう》】です」

「ひ、しょう……？」

「装備者に〝飛翔能力〟を付与することができるスキルで、最大で三十分の飛行を可能にします。空中移動をしなければ常に滞空が可能ですので、落下する危険もございません」

飛翔能力の付与。

そのあまりにも超常的な能力を目の当たりにして、会場は静寂に支配される。

力の増強だけなら、まだ誤魔化しようはある。

世に魔法道具なるものが少なからず存在しており、使用者の筋力を一時的に微増させるものも中にはあるからだ。

だが、さすがに人類に飛翔能力を付与する魔法道具は、今まで一度も見たことがない。

目の前で実際に空を飛ぶ人間を見せられてしまったら、これはもうスキルの存在を認めざるを得なかった。

(本当に、あいつの剣には、天啓とスキルが……！)

二度目の悪寒に襲われるブルエに、さらなる追い討ちが掛けられた。

「それともう一つ、剣の傷や刃こぼれを自然回復してくれる【自動研磨】というスキルも宿っています。こちらは実演でのご紹介が難しいので、その効果は実際にお使いになってご確認ください」

フランはぺこりと頭を下げて、竜骨の紅剣の紹介を終わらせた。

壇上で〝はぁぁ〟と安堵の息をこぼすフランを見ながら、場内の客たちは言葉を失くす。

筋力増強の【剛力】。飛行能力の【飛翔】。さらには【自動研磨】まで。

フランの打ったあの直剣に、それらのスキルがすべて兼ね備えられている。

とても受け入れがたい事実に、ブルエは強く歯を食いしばった。

「な、何が天啓だ……何がスキルだ……！　そんなデタラメばっかり並べやがって……！　誰も能無しのフランが言ったことなんざ信じるはずがねえ……！　ここは手品道具を売るところじゃねえんだよ……！」

ブルエはいまだにフランの品を疑っている。

どうせ口からの出任せだ。何か姑息な種があるに違いない。客たちだってそんなことはわかっているはずだ。

そう思うブルエをよそに、司会役の女性が会場の沈黙を打ち破った。

「で、では、フラックス氏からのご紹介も終わったところで、そろそろ『竜骨の紅剣』の競売を始めさせていただこうと思います。例に漏れず10万フローラからの開始となりますが……み、皆様、いかがでしょうか？」

「……」

皆、何を思っているのか、終始黙り込んだまま直剣を見つめている。

そのただならない雰囲気に、司会者も戸惑った様子で会場に問いかけた。

すると、どうだろう……

司会者の問いかけに対して、誰も手を上げようとはしなかった。

（ハッ、ほらな。誰もフランの品なんざ評価するはずがねえ。突拍子もねえデタラメばっかり並べやがって、それで経験豊富な有識者たちの気を引けるはずがねえだろうが。５５０万フローラの値が付いた、俺の剣の勝ちだ）

ブルエは勝利を確信して不敵な笑みを浮かべる。

天啓やスキルなど色々と宣伝材料を盛り込んできたが、やはりここにいる客たちは純粋な傑作を望んでいるのだ。

需要に合っていない品は、ただただ客たちを困惑させるだけに過ぎない。

圧倒的な技術力と、加工困難な希少素材を組み合わせた、ブルエ・アンヴィルの魂の一作に敵うはずがなかったのだ。

誰一人として手を上げない状況に、ブルエは心からの嘲笑を漏らした。

刹那――

「……600万フローラ」

「…………はっ？」

誰かがぽつりと、耳を疑う声を上げた。

600万。ブルエ・アンヴィルの新作に付いた550万を超えた金額。

直後、その声に先導されるように、次々と会場の人々が声を張り上げた。

「650万！」

「700万！」

「820万！」

「な、何してんだよてめえら……！　なんで俺よりもこいつの品の方に値段を付けけんだよ！」

かつてないほど大勢の客たちが手を上げる景色を見て、ブルエは背筋を凍えさせた。

同時に、その誰もがブルエの蒼玉の長剣を超える高値を付けていき、彼の心中は絶望感で満たされていく。

なぜあんなデタラメな珍品に、そのような値が付いていくのだろうか。

「スキルが宿った武器なんて聞いたことがねえ！」

「そもそも赤竜《スカーレットドレイク》の骨をあれほど美麗に仕上げただけでも相当な価値がある！」

「次にいつフラックス氏が出品するかもわからねえ！　ここで絶対に落としてみせる！」

自分の時には見られなかったような、観客たちの血眼。

それを目の前で見せつけられただけで、圧倒的な実力差を感じさせられた。

「1500万フローラ！」

「なっ――⁉」

そしていよいよ、とんでもない金額が提示されて、会場が激しくざわついた。

「み、皆様……お聞きになりましたでしょうか……！　1500万！　1500万フローラが宣言されました！　これはまさに一生を暮らせるほどの莫大な金額です！　それが何かの間違いか、無名の鍛冶師のデビュー作に付けられてしまいました！」

自分が手掛けた蒼玉の長剣の、およそ三倍の値段。

ブルエは血の気が引いて、おもむろに膝から崩れ落ちた。

「あり、得ねえ……！　この俺が、あの愚図のフランに、競売会で負けただと……⁉」

〝なぜ〟という言葉が脳内を駆け回る。

なぜあいつの武器には天啓とスキルが宿っているのか。

なぜあいつはあんな武器を打てたのか。

なぜこの短い期間で才能を開花させることができたのか。

「認めねえ……！　俺は認めねえぞ……！　てめえに鍛冶師の才能なんかありはしねえんだ！」

ブルエは憤りを抑え切れずに、ついには壇上まで上がって行った。

当然観客たちはその姿を見て、怪訝な表情で静まり返る。

ブルエに睨みつけられたフランは、その怒りの視線を浴びながら、疑問に答えるように返した。

「ボクも、ずっと自分の力を信じられませんでした。ボクはどれだけ頑張っても、なまくらなものしか打てない無能鍛冶師だって。でも、ある人のおかげで、ボクはようやく自分の力に気が付くことができたんです」

不意にフランが会場の一端に視線を向ける。

ブルエも釣られてそちらに目を移すと、客席の一つに〝銀髪の青年〟が腰掛けているのが見えた。

（あ、あいつは、フランに依頼を出した……！）

フランを工房から追い出そうとした時、それを庇うようにして鍛冶依頼を出してきた青年。

あの時あの青年は、こちらが打った剣ではなく、フランの剣の方に強く惹かれたと言っていた。

まさかあいつには、フランの隠れた才能が見えていたというのだろうか？

日頃から一緒にいる鍛冶師たちが、これまでまったく気が付かなかった素質に、奴は一瞬で気が付いたというのか？

「その人はボクの力に気付いてくれた。ダメなボクに才能があるって言ってくれた。諦めないでほしいって慰めてくれた。その人に強くしてもらえたおかげで、ボクは自分の手でこの武器を作り上げることができたんです」

「な、何が才能だ……！　てめえにそんなもんは、絶対にねえんだよ……！」

フランの才能と競売会の結果を、いまだに受け入れられないブルエは、苦し紛れの抵抗を試みる。

「そ、そうだよ！　それがてめえの打った剣だっつー証拠はどこにもねえ！　どうせどっかの職人に頼んで作らせた代作なんだろ！　だからこの勝負は無効だ！　もう一回作り直して俺と――！」

刹那――

「もうよしなブルエッ！」

「――っ⁉」

壇上で見苦しく足掻くブルエを止めるように、女性のハスキーな叫び声が会場に響き渡った。

全員が客席の最後列の方を振り向くと、そこには……

「バ、ババア……！」

煤けたバンダナとエプロンを着用している、青髪の凛々しい女性が立っていた。

表からはわかりづらいが、腕っ節や足腰などはやや筋肉質。

それでいて線の綺麗な理想的な体つき。

それはブルエの母であり、彼が代理で務めている工房長の本来の人物――

「キ、キキョウだ……」

「天才鍛冶師、キキョウ・アンヴィルがいるぞ……」

突如として会場に現れたキキョウに、観客たちは激しく戸惑った。

現在の鍛冶業界において、五本の指に入るだろう著名人。

加えて治療院に入院中のはずの彼女が前触れもなく現れて、ブルエは強く歯を噛み締めた。

「キ、キキョウさん！　もう大丈夫なんですか⁉」

対してフランは驚きつつも、深い笑みを浮かべてキキョウに呼びかける。

彼女はフランの声に応えるように、舞台の方まで歩いて行くと、運営の人間に断りを入れて壇上まで上がった。

駆け寄って行ったフランの亜麻色の髪に手を置いて、ポンポンと優しく撫でる。

「心配かけたねフラン。つい今朝方に退院させてもらったんだ。だからアタイはもう大丈夫だよ」

「や、休んでいなくても、平気なんですか……？」

「あぁ。今はそれよりも、アタイがいない間に好き放題してるらしいバカ息子を、目一杯叱りつけてやらなきゃいけないからね」

「……」

ブルエの額に冷や汗が滲む。

同時に彼の脳裏には、幼い頃の記憶が蘇った。

何をするにしても、ブルエは母には敵わなかった。

鍛冶の腕は言わずもがな、喧嘩や口論ではいつも徹底的に負かされている。

特にキキョウを怒らせてしまった際は、こちらが反抗する暇さえ与えてもらえないほど一方的なものになっていた。

キキョウの額に青筋が立っているのを見て、ブルエは背筋を震わせた。

「な、何しに来やがったババア！　大人しく治療院に引っ込んでろよ！」

「いい歳した男がギャーギャー喚くんじゃないよ。アタイの息子ならもっと堂々としてな。それとこれ以上、アタイの工房に泥を塗るようなことはやめてもらおうか」

その口振りから、今の工房の状況も把握しているらしいとブルエは悟る。

見ると、先ほどキキョウが立っていた会場の出入り口に、工房に勤める鍛冶師たちが集まっていた。

「どうやら自分の実力をひけらかして、今はあんたがアタイの代理をしてるらしいね。だがアタイは、あの工房をあんたに任せた覚えはないよ」

「ハッ！　実力がなくて頼りねえうちの連中が悪《わり》ぃんだろうが！　文句を言うならまず俺よりも腕を上げてからにしやがれ。鍛冶師の世界は実力がすべてなんだからな。それにどうせ近いうちにあの工房は俺のものになる。俺が工房長の代理をやって何が悪ぃってんだよ！」

キキョウは昔から体が悪い。

長期入院は今回が初めてだったが、治療院の世話になったのはこれで数十回目だ。

近いうちに限界が訪れて、工房を残して死んでいくに違いない。

そう思っているからこその叫び声を上げると、キキョウはきょとんと首を傾げた。

「誰があの工房を譲ると言った？」

「あっ？」

「まさか、このアタイがもうくたばるとでも思ってるのかい？　そんなわけがないだろ。まだまだ現役続行さ。しばらくは安泰だと治癒師の方からもお墨付きをもらったからね」

キキョウは健在をアピールするようにその場でぴょんぴょんと飛び跳ねてみせる。

ブルエは健康になって戻って来た母親を目前にして、苦虫を噛み潰したような顔になった。

「それにたとえ病で死んじまったとしても、今のあんたに工房を任せるつもりは微塵もないよ。いくら実の息子だからって横暴が目立ちすぎてるからね。だからアタイは……次期工房長にはフランを指名する」

「はあっ⁉」

その唐突な宣言に、ブルエだけではなく周りの観客たちも驚愕していた。

フランがキキョウの工房に所属しているということの驚きと、直々に次期工房長に指名されたという衝撃。

「ざっけんなババアッ！　俺じゃなくてフランを工房長にするだと！　ついに頭までイカれたのか！」

「別にイカれちゃいないさ。アタイはなるべく腕のいい鍛冶師に工房を継いでもらって、少しでも長く存続することを望んでる。それにあんた自身だってさっき言ったじゃないか。〝実力がすべて〟だって。だとしたらあんたよりも優秀なフランに任せるのが妥当だろ？」

「俺よりも、フランの方が優秀だって言うのかよ……！」

「競売会の結果を見れば一目瞭然じゃないか。550万と1500万だったらしいね。確かにあんたにも目覚ましい才能はあるけど、会場にいる有識者たちはフランの武器の方に高値を付けた。優劣はこれではっきりしたんじゃないのかい？」

「――っ！」

何も言い返すことができなかった。

ここは鍛冶師としての実力を示す舞台。

それで言い訳の余地もなく負かされてしまっては、さしものブルエもこれ以上の抵抗はできなかった。

同時に彼は、自信満々な様子の母を見て、訝しい思いを抱く。

まるで最初からこうなることがわかっていたような顔。

「……まさか、てめえも最初から、フランの才能に気が付いてたってのかよ」

「才能？　そんな先見の才はアタイにはこれっぽっちもないよ。アタイはただフランの剣に、誰よりも強い〝意思〟と〝根性〟を感じただけさ」

そんな曖昧な理由を並べられて、ますます怒りを募らせていると、キキョウがフランの方を振り向いた。

「で、どうだいフラン？　もしフランがよかったら、アタイの工房を継いでくれないか？　アタイにもし万が一のことがあった場合、だけどね」

「ボ、ボクが、あの工房の工房長に……」

戸惑いを見せるフランに、会場の出入り口の方からも仲間たちの声が掛けられる。

「戻って来いよフラン！」

「ずっと助けてやれなくて、見ているだけしかできなくてすまなかった！」

「１５００万フローラの値が付くなんて本当にすげぇよ！　次期工房長は絶対にお前がやるべきだ！」

ブルエに嫌がらせを受けていた際、何度も声を掛けて止めようとしてくれた仲間たち。

結局は実力をひけらかされて、黙らされてしまってはいたが、最後まで彼らはフランの味方でいようとした。

改めて彼らが肯定してくれたことを受けると、フランは瞳の端に涙を滲ませて、キキョウに頷きを返した。

「ボ、ボクなんかでよかったら、是非工房長をやらせてください……！」

感動的な空気に包まれる壇上。

その様子を傍らから眺めて、ブルエは頭の中を真っ白にした。

フランに負けた。工房長の座も奪われた。鍛冶師の才能で上を行かれた。

「ハッ……ハハッ……！　てめえらマジでどうかしてんな。こいつの下で働くなんざまっぴら御免だ。そうなるくらいだったら、あんな工房こっちからやめさせてもらうぜ。俺を欲しいって工房は他にいくらでもあるからな」

付き合い切れないと思ったブルエは、まるで逃げ出すようにして控え室の方に向かって歩いて行く。

負けて退くような形になるのはなんとも癪だったが、このまま気まずい会場に居続けるのはとても不快だと思った。

「待ちなブルエ！」

「……？」

「あんた、このままタダで帰れるとでも思ってるのかい？　言っただろ、バカ息子を目一杯叱りつけてやるってね」

穏やかならざるその台詞に、ブルエはますます冷や汗を流す。

まさか、大勢の目があるこの場で、こちらに手を上げてくるつもりだろうか。

一瞬焦りかけるけれど、病み上がりのキキョウに遅れを取るはずもないと考えて冷静になる。

……と、思っていたら、まるで予想していなかった攻撃を受けた。

「あんたが今回手掛けた『蒼玉の長剣』。それに使われた希少素材『蒼水石』。あんたあれ……〝不公正な販路〟で手に入れたものだね」

「――っ！」

ドクッと心臓が跳ね上がる。

フランや観客たちからも怪訝な視線を向けられて、鼓動を早くさせていると、キキョウが一層瞳を細めた。

「気付かないとでも思ってたのかい？　蒼水石は基本的に、原物や加工品を問わずに国外への持ち出しは禁止されている。原産地のサファイアオーシャンを調査する団体と話をつけて、多額の寄付金を積むことでようやく手に入れられる超希少素材なのさ」

だからこそ希少価値が高く、武器や道具の素材にした際は、相応の値が付くようになっている。

ブルエが競売会の出品のために、その素材を選んだのもそれが大きな理由だ。

「ところが、直近で公式に蒼水石を取引した記録はないらしいってね。あんたが競売会出品を決めてから、蒼水石を手に入れるまでがあまりにも早すぎるって聞いたから、うちの工房の連中にも協力してもらって色々と調べたんだよ。あんたいったい、どうやって蒼水石を手に入れたんだい？」

「……妥当な値段で譲り受けたんだよ。公的な販路で蒼水石を手に入れた奴からな。なんだったらそいつに直接聞いてみろよ」

当然、ブルエは言い逃れのための準備を整えていた。

特殊な鉱石を多く売買する商人と繋がりがあり、その者は蒼水石の取引歴もある。

事前にその商人と話を合わせていて、一ヶ月ほど前に蒼水石の売買を行ったことにしているのだ。

どこで素材を手に入れたのか問われても、その商人から買ったことにすれば問題はない。

「下手な嘘はやめて、正直に話した方がよかったね」

「……？」

「ホップ・スラング」

「――っ⁉」

唐突にキキョウの口からこぼれた〝人名〟に、ブルエの顔から血の気が引いた。

「その道では、かなり著名な〝密売人〟らしいね。無法者たちに無断採取が禁止されている希少素材を集めさせて、それを不正な販路でバラ撒いてる極悪人らしいじゃないか。つい三日ほど前に捕まったみたいだけどね」

「な、なんだとっ――!?」

直後、ブルエは咄嗟に口を塞ぐ。

思わず反応をしてしまい、その焦燥は周りの人間たちにも感じ取られてしまった。

すぐに弁解しようとするが、畳みかけられた事実に思考が追いつかない。

ホップ・スラングが捕まった？

いや、それよりも、なぜこちらがその密売人と繋がりがあることがバレてしまっているのだ？

下手なことはしていないはずだが……

「三週間ほど前、あんた町の近くの森で、そのホップ・スラングと密会してただろ」

「……っ!?」

「そこから密売人ホップの足取りが明らかになって、今回の捕縛まで繋がったみたいだよ。それにそれ以前にも何度か会ってるみたいじゃないか」

ホップ・スラングとのやり取りが、いつの間にか母にすべて知られてしまっている。

その怖さから思わず鳥肌を立てていると、ブルエの疑問に答えるようにしてキキョウが会場の出入り口に目を向けた。

「前々からあんたの横暴は目に余るものがあったからね。いつか法を破ることも覚悟していたよ。だから工房の連中には目を配らせるようにしていたし、おかげでこうしてバカ息子の粗相も明らかにできた」

工房の連中の仕業だとわかり、ブルエは糸のように細めた目を会場の出入り口に向けた。

ホップとの取引のうちのいずれかを、うちの誰かに見られていたようだ。

おそらくその時点では、密会者が密売人のホップだと割れてはいなかったようで、すぐに咎められることはなかった。

その後、自警団の調査やらでホップの素性が明らかになって、ついに三日前に捕縛まで至ったということか。

(ババアの差し金か……!)

気を抜いていたわけではなかったが、まさか工房の連中たちから警戒の眼差しを向けられていたとは思わなかった。

ホップが捕まったとなれば、そこから証言などで様々な取引内容について暴露されていくに違いない。

当然、ブルエが不正取引したことも。

「不正な経路で入手されたものは、売った側も買った側も厳罰になる。悪質な取引だと知っていたなら尚更ね。まあ、どうしてもフランに勝ちたくてやったことなんだろうし、勝ち気は悪いことじゃないとは思うよ。ただ、法を破る行いはさすがに認められるものじゃないからね」

「ふざ……けんな……！　俺が、こんなところで……！」

ブルエは歯を食いしばって、体を震えさせる。

周囲の観客たちから疑うような、あるいは蔑むような眼差しを向けられて、激しい後悔に襲われた。

せっかく築いてきた鍛冶師としてのブランドが。約束されていたはずの栄光への道が。

フラックス・ランに負けまいという思い一つだけで、完全にすべて瓦解してしまった。

もしかすると、フランの才能に一番可能性を感じて、それを恐れていたのは……自分自身だったのかもしれない。

「さあ、お母さんと一緒に教会へ行こうか。たっぷりと罰を受けることだな、ブルエ」

「ちくしょぉぉぉぉッッ!!!」

ブルエの悲痛な叫び声が、場内に虚しく響き渡った。

第四章　名匠の産声

競売会が終わった翌日。

僕たちは、また四人で育て屋に集まって、食卓を囲んでいた。

しかも今回は以前と比べて、かなり豪勢な献立になっている。

「それでは、競売会でのフランの勝利をお祝いして……乾杯！」

そう言って僕たちは、各々が持ったグラスを『カンッ！』と打ちつけ合った。

まあ、僕たち誰もお酒を飲めないから、全員葡萄ジュースだけどね。

「競売会、上手くいってよかったね。ていうか会場の後ろから見ててもすごい盛り上がりだったよ」

「それもこれも、全部みんなのおかげだけどね」

今回のこの食事会は、フランが競売会で見事な結果を残して、ブルエに勝利できたことへの祝勝会だ。

前々から、競売会でいい結果を残せたらみんなでお祝いしようと約束していたので、結果的に今に至る。

フランが少し恥ずかしがりながら笑みを浮かべていると、ストローで飲み物を啜っているコスモスが彼に尋ねた。

「にしてもまさか、１５００万フローラなんて大金が付くとはね。宝くじ当たったみたいなもんじゃない。結局それどうするか決めたの？」

「それはもちろん、協力してくれたみんなにそれぞれ分けたいって思ってるけど……でもみんな、いらないんでしょ？」

そう聞かれた僕たちは、顔を見合わせて揃って首を縦に振る。

競売会が終わってすぐに、１５００万フローラの使い道について話し合いをしたが、開口一番に僕たちはそれを受け取らないと宣言した。

当然、お金はあるに越したことはないし、もらえるものならもらっておきたい気持ちはあるけれど
……

「あの武器を打ったのはフランだからね。それに最初こそ僕たちが手伝ってはいたけど、フランの天職がある程度成長してからはほとんど自分で頑張ってたじゃん。お試しで作った武器たちも大活躍してたし」

「そうですよ！　フランさん、魔獣が怖いのに一生懸命戦ってたじゃないですか」

それこそ僕たちは最後の方、フランの戦いぶりを後ろで見守っているだけだった。

ていうかフランの武器が強すぎて、僕たちが手出しできる隙がまったくなかったのだ。

それで競売会の稼ぎを受け取るのはなんとも心苦しい。

「でも、みんなに助けてもらってなかったら、あの『竜骨の紅剣』は完成してなかったんだよ。それにロゼが一緒にいてくれたから、ボクはあんなに早く大量の神素を取得することができたんだよ

ね？」

「うーん、まあ、それはそうなんだけど……」

僕の【応援】のスキルの効果で、フランの神素取得量が上昇していたのは事実だ。

その影響で神器作製に必要な神素が大量に獲得できたし、天職やスキルの成長にも繋がって、竜骨の紅剣の完成に大きく近づいたのは間違いない。

しかし実際に僕がしたことと言えば、フランの戦闘と鍛冶を近くで見守っていただけだ。果たしてこれにどれだけの価値があるだろうか。

フランは1500万フローラのうちの半分近くを僕たちに渡そうとしてくれているみたいだが、さすがにそこまでの仕事をしたとは思えない。

「誰かの成長を手助けできる『育て屋』さんなんて、本当にすごい力だよ。ロゼの方こそ、ボクなんかよりももっと多くの人たちに評価されるべきだって思ったよ」

「それを言うなら、フランの『神器匠』の力も凄まじかったじゃないか。まさかフランがあそこまでの剣を生み出すなんてね」

フランの才能を疑っていたわけではないが、さすがにあれだけ強力な武器を打ってみせるとは思わなかった。

【名前】竜骨の紅剣
【攻撃力】500

【スキル】剛力　飛翔　自動研磨
【耐久値】500／500

これが最後に僕が見た竜骨の紅剣の天啓である。

どうやら神器の攻撃力と耐久値は、〝100〟で店売りのものと同等らしく、紅剣はその五倍の数値である〝500〟まで達した。

加えて装備者に対して筋力増強と飛翔能力まで付与して、自動で研磨も行ってくれる。

最高品質の性能であることに疑いの余地はなく、さらにフランは加工が難しいとされている素材を完璧に仕上げてみせた。

天職の力だけに頼ることなく鍛冶師としての技量も高めてあの一本を打ち出したのだから、1500万フローラの値が付いたのも納得である。

「間違いなく今回の結果はフランの努力と才能が引き寄せたものなんだから、競売会の稼ぎは全部フランが受け取りなよ。その代わりと言ったらなんだけど、この二人の武器のこと、よろしくお願いね」

「う、うん！　それは任せておいてよ！」

ということで1500万フローラの行方については、一旦の落ち着きを見たのだった。

まあ正直、1500万フローラの一部を分けてもらうより、フランに二本の武器を作ってもらう方が価値が高い気がするけどね。

今回の競売会の基準で考えたら、純粋に3000万フローラだから。

いや、これからますます鍛冶師として名前が広がっていって、フラックス・ランの武器はその価値を高めていくに違いない。

それを協力したお礼に二つも作ってもらうというのは、あまりに贅沢な気がしてきた。

人知れず罪悪感を抱いていると、フランがつぶらな瞳で天井を見上げて、〝うぅーん〟と唸り声を漏らした。

「1500万……1500万かぁ……。正直、使い道に困っちゃう大金だよ」

「フランは何か欲しいものとかないの？」

「うん、これといって思いつかないかな。とりあえずはお世話になってる工房の設備を一新して、残りはキキョウさんの治療費に充てようかなって考えてるけど」

「キキョウさん、そんなに体調悪いの？」

僕も一度、競売会が終わった後に挨拶をさせてもらったけど、とても体が弱い人のようには見えなかった。

むしろ理想的な体格をしていて、絶対に病気とかに罹らなそうな健康体に思えたけど。

「経過は良好みたいだけど、またいつ大きく崩すかわからないんだってさ。その度に莫大な治療費が掛かるみたいだから、今回の稼ぎでそれを負担してあげられたらなって。キキョウさん、もうあんまり武器も打てないみたいだから」

現代の天才鍛冶師、キキョウ・アンヴィルが手掛けた品ならば、フランの武器と同等の稼ぎが見込めるだろう。

しかし体が弱っている今、満足に武器を打つことも難しくなっているようだ。

となればフランが治療費を負担したがるのも納得である。

「……まあ、それだけしても全然余りそうよね。これからも鍛冶師として依頼が殺到するだろうし、相当いい豪邸とか建てられそうで羨ましいわねぇ」

「うーん、依頼が来るかどうかはまだわからないけど、もし来たとしてもそれ全部に応えるのはまだ難しいと思うよ。ボクの神器は一本を仕上げるのに相当な時間が掛かるから」

「まあ、それもそうよね」

競売会で唯一無二の才能を示したフラックス・ラン。

現代の天才鍛冶師キキョウ・アンヴィルの後継者としても指名されて、その才能は多くの有識者たちに知れ渡ることとなった。

これから数多くの鍛冶依頼が彼のもとに舞い込んでくるのは想像に容易い。

しかしフランの神器は他の武器とは違って、仕上げるのに大量の神素……もとい多くの魔獣討伐を必要とするから、自ずとかなりの時間が掛かることになる。

すべての依頼に応えるのはまずもって難しいだろう。

「ともあれ、フランがこれから忙しくなるのは間違いなさそうだから、こうしてみんなで集まってご飯するのは難しくなっちゃいそうだね」

「こういうのって、〝嬉しい悲鳴〟って言うのかな？　せっかくみんなと仲良くなれたし、歳の近い友達っていなかったから、どこかに遊びに行ったりもしたかったけど」

鍛冶師として芽吹けたことに嬉しさはありつつも、多忙な日々が待ち受けているとわかって複雑そうな顔をしている。

僕としても、これからフランと接する機会が減ると思うと寂しさを覚えてしまうが……

「ま、僕の育て屋は常に暇してるから、また好きな時にでも遊びに来てよ。僕も同性の友達って少なかったからすごく嬉しいし」

「うん、絶対にまた来るよ！」

再び一緒に遊ぶ約束をしたことで、フランはその顔に笑みを取り戻した。

それから僕たちは豪勢な料理に舌鼓を打ち、祝勝会も終わりに差し掛かる。

その時、フランがふと何かを思い出したかのように尋ねてきた。

「そういえば、ボクにお願いしたいことってなんだったの？」

「えっ？」

「『この件が片付いたら〝お願い〟を一つ聞いてくれないかな？』ってボクに言ったよね？」

「あぁ、そうだったそうだった！」

競売会がうまくいった喜びが大きくて、すっかりそのことを忘れていた。

つぶらな瞳でこちらを見つめながら首を傾げるフランに、僕は右手の親指を立てて玄関の方を指し示す。

「うちの看板、作ってくれないかな？」

「か、看板？」

「そっ。フランは手先が器用だし、物作りも得意だって聞いたからさ。僕が自分で作ってもぐずぐずなものしか作れなかったし。ウン千万の武器を打つ刀匠に、こんなことお願いするのはあれかもしれないけど……」

自分で言っておかしく思い、つい笑みがこぼれてしまう。

改めて言うけれど、フランは今やウン千万級の武器を打つ稀代の名刀匠だ。

そんな人物に対して他にもっとお願いすることがあるのではないかと思ってしまう。

同じことを考えたのだろうか、フランが口元を押さえてクスッと笑った。

「そんなことでよかったら、全然やらせてもらうよ。それとこれからも、育て屋についてボクが手伝えることがあったら、なんでも相談してね。育て屋を色んな人に知ってもらえるように、ボクも協力したいからさ」

「忙しい中で申し訳ないけど、よろしくねフラン」

鍛冶師フラックス・ランとしてではなく、友人のフランとして、育て屋の看板を作ってもらえることになった。

◇

フランが看板を持って来てくれたのは、お願いしてから三日後のことだった。

焦茶色の木板に、白い切り文字で『育て屋』と書かれている立て看板。

おまけに扉の上部に付ける形の、吊り看板まで作って来てくれた。

「す、すげぇ……」

それらを設置した育て屋を改めて眺めて、僕は感嘆の息を漏らす。

なんとも幼稚な感想が口から出てしまったが、それ以外に形容の仕方が思いつかなかった。

随分と立派な店構えになったのではないだろうか。

ていうか、これ全部手作りって本当？

僕が作っていた釘だらけの呪いの道具とは大違いである。

「あと今は、仕事の合間に壁面看板とかも作ってるよ。完成したら持って来るね」

「あ、ありがとう……」

フランはまるで疲労の色を見せずに、静かに微笑んだ。

本当に物作りが好きなんだな。

鍛冶師としての性というやつだろうか、自分の手で何かを生み出すことが楽しいのだと思う。

それにしてもフランは、こういう看板とか道具は普通に作れるんだな。

武器を手掛けた際は天啓が付与されて、最初はボロボロの見た目になっていたのに。

看板とかは武器の扱いにならないから、ってことなのかな？

でも、使い方によっては充分凶器になるよね。

もしかして、フランが武器だと意識して作らないと、天啓が宿らないとか？

「それで、こんな感じでよかったかな？」

「あっ、うん、完璧だよ」

不安げな様子で尋ねてくるフランに、僕は親指を立てて頷き返した。

すると彼はほっと安堵の息をこぼす。

そんなに緊張していたのだろうか。

まあ、フランは心配性なところがあるので、それがたとえ武器だろうが看板だろうが手掛けることに責任感を覚えてしまうのだろう。

「それにしても、今までずっとこの張り紙だけだったんだ。住宅区のこの辺りって結構迷いやすいから、育て屋さんを見つけられなくて帰っちゃった冒険者さんとかもいるんじゃないのかな」

「た、確かに……。でもまあ、これでちゃんと見つけてもらえると思うよ。フランの看板、すごく見やすいからさ。改めてありがとね」

「ううん。ボクのこと強くしてくれたお礼だから」

つぶらな淡褐色の瞳でこちらを見上げたフランが、再び柔らかい笑みを頬に浮かべた。

次いで彼は、今一度育て屋の外観を眺めて言う。

「ボクたちって、意外と〝似た者〟同士なのかもね」

「えっ？」

「伸び悩んでる駆け出し冒険者のことを、手助けして成長させてあげる育て屋さん。強力な武器を作って強くしてあげる鍛冶屋さん。方法は違うけど、冒険者の手助けをしてるところが、すごく似てるよね」

「うん、確かに」

言われてみれば確かにそうだ。

僕たちは共に冒険者を手助けすることを生業《なりわい》としている。

それがなんだか嬉しくて頬を緩めていると、フランも同じく花が咲くような笑顔をボクに見せてきた。

「だからたぶん、これからも頻繁に会ったりするんじゃないかな。同じ冒険者を助ける立場としてさ」

「かもしれないね」

その言葉のおかげで、僅かながら不安を払うことができた。

「それにさ、ローズとコスモスの武器も、さっそく明日から取り掛かろうと思うから、出来上がったらまたここに持って来るね。だからもうちょっとだけ待ってて」

「うん、よろしくフラン」

フランは元気な様子で手を振って、工房に向けて駆け出して行った。

その背中が初めて見た時よりも随分と大きく見えて、僕は人知れず笑みをこぼす。

ブルエに叱咤されて涙ぐんだり、魔獣を目の前にして震えていた臆病な少年の様子は、今や影も形も見えない。

第五章　一癖あるお客さん

フランから看板を受け取った翌日。

さっそくその効果があらわれたのか、育て屋の扉を叩く音がした。

コンコンコンッ。

「はーい」

すぐさま玄関に駆け寄って開けてみると、そこには二人の男女が立っていた。

「あ、あのぉ、育て屋さんってここで合ってますか？」

「はい、ここが育て屋です」

チュニックと胸当てを着用した十五歳前後の少年と、白ローブと杖を身に着けた同い年ほどの少女。

見るからに〝駆け出し冒険者〟と言わんばかりの二人は、こちらに頭を下げて言った。

「えっと、育て屋さんにお願いしたいことがあって参りました」

「俺たち二人を、強くしてください」

「……」

育て屋として依頼をもらった僕は、素直に感激してしまう。

看板を変えただけでこんなにも変化があるのか。

「お、お二人ですね、かしこまりました」

「二人同時でも、大丈夫なんですか？」

「はい。僕の育て屋の能力に人数などの制限はありませんから、お二人が僕の近くで戦ってくだされば それだけで神素取得量が上がりますよ」

「お、おぉ……」

少年と少女は驚いたように目を丸くする。

しかしまだ若干の不安が見えたので、僕は補足するように説明した。

「それと支援魔法での援助もさせていただきますので、安全に魔獣討伐を行っていただけます」

「きょ、今日からさっそく付き添ってもらえるんでしょうか？」

「はい、大丈夫ですよ」

快諾すると、少年と少女は年相応な様子で嬉しそうに笑った。

「そ、それじゃあ、今日は俺たち、西の森で討伐依頼ついでに修行しようと思っていたので、その冒険についていて来てもらえたらと思います。二人とも最近まったく成長できずに、魔獣討伐も上手くいかなくて……」

「もし今回成長が上手くできなかったとしても、レベルが上がっていなければ料金を支払っていただくこともございませんので、そこもご安心ください」

自分でそう言った後で、『なんか仕事してるっぽいな』と人知れず実感してしまう。

これが僕の思い描いていた本来の育て屋だ。

そしてとりあえず今日の冒険にだけついて行くことになり、成果に応じて継続して利用するかどうかを決めてくれることになった。

◇

西の森での討伐依頼に同行し、僕は育て屋として二人の戦いを見守っていた。

「やったよカンナ！　私も天職のレベル上がったよ！」

「おめでとうエリカ！」

本日依頼をしてくれたカンナとエリカが、魔獣討伐で成長できたことを喜び合っている。

二人は一年ほど前に冒険者になったばかりの駆け出しらしく、ヒューマスの町で出会ってパーティーを組んだらしい。

どちらも実力不足でどこのパーティーにも入れてもらえず、それでも一級冒険者になることを夢に見て、意気投合して仲間になったのだとか。

冒険の中で打ち解けてきたため、僕は砕けた口調で二人に言う。

「それじゃあ、今日はこの辺りで終わりにしようか。空もそろそろ暗くなりそうだし」

「「はいっ！」」

森の木々の隙間から見える橙色の空を見上げて、僕たちは切り上げることにした。

二人の天職のレベルはまだ〝5〟で、駆け出しも駆け出しである。

どうやら二ヶ月後の昇級試験で四級冒険者になりたいらしく、実力不足を感じて育て屋を訪ねて来たらしい。

帰り道、カンナとエリカが信じられないと言いたげな表情で、自分たちの天啓を眺めていた。

「俺たち、ここ数ヶ月はまるで成長できなかったのに……」

「ロゼさんについて来てもらったら、すぐにレベルが上がっちゃってびっくりしました」

「役に立てたのならよかったよ」

二人は成長が実感できたようで嬉しそうに笑っている。

ずっと同じ魔獣とばかり戦っていたみたいで、初討伐神素のことも知らなかった。

だから少し修行方法を変えただけで二人は劇的に強くなった。

「あっ、そういえば依頼の料金って……」

「今日の冒険で二人とも一つずつレベルが上がったから、600フローラかな」

「や、安いですね。ここまで面倒を見てもらったのに」

どうやらパーティーの資金管理はエリカがやっているらしく、彼女から600フローラを手渡しされる。

それを受け取ったことで、僕もなんだか育て屋らしいことができたなと実感した。

「今日は本当にありがとうございました。これで俺たちは、自信を持って昇級試験に挑めます」

「また近々、ロゼさんの育て屋さんに依頼をお願いしてもいいですか?」

「またのご来店をお待ちしております」

そんな会話をしながら、僕たちは町へと戻ったのだった。

◇

仕事を終えて町に帰ってきた僕は、充足感に満たされながら家路を歩いた。

「……看板の効果ってすごいなぁ」

まさかさっそく駆け出し冒険者から依頼を出されるとは思ってもみなかった。

それと同時に、やはり伸び悩んでいる人たちが多いとわかってやる気が込み上げてくる。

これから育て屋として、そういった冒険者たちを助けてあげたい。

埋もれている才能を掘り起こしてあげて、きちんと活躍できるようにしてあげたいな。

そう思いながら街灯が点き始めた道を歩いていると、自宅である育て屋が見えてきた。

遠くからでもしっかりと看板が見えることを嬉しく思いながら近づいていくと……

「んっ？」

なんと、育て屋の前に〝誰か〟がいた。

パッと見た感じでは見覚えのない〝青年〟である。

輝くような金色の髪と、宝石のように妖艶な碧眼。

白いロングコートが大人びた様子を醸し出している。

肉づきも悪くなく、何より上背がかなりある。

それでいて全体的にすらっとしているように見えるので、同じ男性から見て羨ましい限りの風采だった。

そんなイケメンと呼んでも差し支えない高身長青年は、何やらじっと育て屋の窓を見つめていた。

家の中でも覗こうとしているのだろうか？　ていうかこの人は誰だろう？

「あ、あのぉ……」

無視して家の中に入るわけにもいかず、恐る恐る声を掛けてみると、青年はキリッとした碧眼をこちらに向けた。

「んっ、どうしたのかな？　何か俺に用かい？」

「いや、その、用っていうか何ていうか、うちの前で何してるのかなって思いまして……」

「うち？　ということは君が、ここの〝育て屋〟の主人で間違いないかな？」

「は、はい。そうですけど」

ある程度予想はしていたけれど、育て屋に用事がある人だったようだ。

「育て屋というのは随分と忙しいみたいだね。〝お昼頃〟からこうして待っていたが、まさか夕刻を過ぎてから帰って来るだなんて思わなかったよ」

「ひ、昼から!?」

一瞬、聞き間違いかと思ってしまう。

現時刻はすでに夜間。

昼の時間からずっとここで待っていたということは、六、七時間ほど何もないこの場所でぼぉーっとしていたということだろうか？

「ず、ずっと玄関前で待ってたんですか？」

「あぁ、その通りだよ」

「〝外出中〟の札も掛けてあったんですから、普通に出直した方がよかったんじゃ……」

「いいや、俺は一刻も早く育て屋という人物に強くしてもらいたかったからね。いつ戻って来るとも書いていなかったし、確実に依頼を出すためにもこうして待っていたというわけだよ」

「そ、それは……申し訳ないです」

確かに帰宅予定時刻は表記していなかったな。

そうなると急を要するお客さんは、育て屋の前で待つことしかできず、僕が帰って来るまで辛抱強く耐えるしかなくなるのか。

「ご、ごめんなさい。そこまで気が回らなくて。次から気を付けます。ここでずっと待ってたなんて、退屈じゃなかったですか？」

僕が申し訳ない気持ちで尋ねると、青年は爽やかな笑みを浮かべてかぶりを振った。

「いいや、まったくもってそんなことはなかったよ。むしろ有意義な時間を過ごさせてもらったさ。退屈なんて感じる暇もないくらいにね。だってここには……………窓があるじゃないか」

「まど？」

青年は育て屋の小窓を指し示す。

確かに窓はあるけれど、これがいったい何の役に立つというのだろう？

これだけで退屈を紛らわせていた？　いくらなんでもそれは無理なのでは？

と、思ったのだが……

「ふふっ、相変わらず美しい」

「えっ？」

「シミ一つない白肌、キリッとしながらくっきりとした碧眼、長いまつ毛と形の整った鼻も素晴らしい。我ながら完璧な〝美男子〟だ」

「……」

……これまた、僕の聞き間違いかと思ってしまった。

今、この青年は、窓に映った〝自分の顔〟を見て、美男子と言っていなかったか？

「あぁ、本当に美しい顔だ。何日でも、いや、永遠《とわ》にだって見つめていられる。薄汚れた小窓も、水垢の多い鏡も、道端の水溜りでさえも、この俺が映り込めば………それはもはや立派な〝絵画〟だ」

この人、もしかしてあれか？

とんでもない自己愛の持ち主か？

このように窓に映った自分の顔だけで、七時間もの退屈を紛らわせていたなんて。

「おっと、自己紹介が遅れてしまったね。名前が知りたくて仕方がなさそうだから、こちらから名乗らせてもらうよ」

「……いや、そんな顔してないですけど」

「俺の名前はスイセン。スイセン・プライド。外見だけではなく名前まで美しい、この世で最も罪深い男だよ」

育て屋として、色んな人を助けたいとは言ったけれど……

ここまで癖の強いお客さんは望んでいなかった。

◇

とりあえずスイセンさんには家の中に入ってもらった。

正直今日は疲れているから、依頼の相談は明日にしてほしい気持ちはあったけど。

ただ長時間も待ってもらっておいてそれはあんまりなので、今日のうちに色々と日取りを決めてしまうことにする。

「じゃあ改めて、依頼の内容を確認させてもらってもいいですか？」

スイセンさんはお茶の香りを楽しむように、あるいは優雅な雰囲気を醸し出すようにゆっくりとカップに口を付けている。

確かにそれは美形な見た目も相まって絵になっていたが、彼の性格を知った後だとどうしても素直に感動できない。

「ふっ、そんなに畏まった話し方はよさないか。これから俺たちは、〝大切な秘密〟も共有し合う深い仲になるんだからな。それに見たところ年の頃も同じくらいじゃないか。是非とも砕けた話し方で親交を深めよう。俺も君のことは〝ロゼ〟と呼ぶから」

「……ま、まあ、そっちがそう言うなら」

スイセン〝さん〟って呼ぶのもなんか違和感があったから、今後は砕けた口調でやらせてもらう。

〝大切な秘密〟とはなんぞやとは思ったけれど、そこには言及せずに話を進めた。

「それで、育て屋の僕に強くしてもらいたいって言ってたけど、成長の手助けをすればいいってことかな？」

スイセンは意味もなくパチンッと指を鳴らして頷いた。

「その通りだよロゼ。是非とも育て屋として俺のことを強くしてほしい。いいや、より厳密に言うのなら…………君には恋の天使《キューピッド》になってもらうよ」

「はっ？」

恋の天使？

接客用の態度を崩して、思わず素の『はっ？』が出てしまった。

「……ど、どうツッコんだらいいんだ？」

「ボケたわけじゃない。これは紛れもない事実だよ。君は育て屋である以前に、俺の恋路を成就させる恋の天使なんだ」

「……ご、ごめん、もっとわかりやすく言ってくれ」

頭痛を堪えるように頭を押さえていると、スイセンはようやく簡潔に話してくれた。

「俺が強くなろうとしているのはね……ある人に告白するためなんだ」

「告白？」

「俺には好きな人がいる。冒険者ギルドで受付業務をしている、アリウム・グロークという人物だ。この麗しい名前に聞き覚えはないかい？　君も冒険者ギルドに顔を出しているなら知っているんじゃないかな」

「ちょ、ちょっと待ってね」

僕は記憶の奥底に潜り込んで、必死に過去を振り返る。

確かにその名前には聞き覚えがあり、程なくして僕は思い出した。

『私が試験を担当するアリウムだ。今回の試験内容は私の力を使って行う模擬討伐となる』

黒ジャケットに白シャツという格好をした、深い青色の長髪の女性。

ローズが四級の昇級試験を受けた時の担当者さんの名前が、確かアリウムだった。

とても堅実そうな女性で、キリッとした顔立ちが特徴的だったと記憶している。

…………って、ちょっと待って。今そのアリウムさんを『好き』って言ったのか？

「あぁ……！　あの麗しい姿を思い浮かべるだけで、心に快晴が広がったような爽やかな気持ちにさせられてしまう。本当に罪深い人物だ。俺の美しさも歴史に名前を刻めるほどだが、彼女はその比ではない。いずれはその美しさが神格化され、国の至るところで銅像が建ってしまうことだろう」

「も、もしもーし、スイセンさーん？」

勝手に自分の世界に浸らないでほしい。

ていうかもしかして、大切な秘密ってこのことだったのだろうか？

「というわけで、俺のことを強くしてほしい」

「どういうわけだよ……。何一つわかってないよ」

「ハハッ、察しが悪いなロゼ。強くならなければ、あのアリウム氏に告白はできないんだよ」

「そ、その辺がいまいちわからないんだけど……。なんで告白するのに強くなる必要があるんだ？　普通に『好き』って言えばいいじゃん」

「それではあのアリウム氏を射止めることはできないんだ。どうやら彼女は、その美貌から数多《あまた》の男性冒険者に言い寄られているみたいだが、その全員が漏れなく撃沈しているらしい。その理由は……」

スイセンは自分の金髪を指先でくるくると巻きながら続けた。

「自分よりも〝強い人物〟ではないと惹かれないとのことだ」

「強い人物？」

「だからアリウム氏は告白をしてきた冒険者たちと、一人一人決闘をしているらしい。その勝者と交際するということを公言しているみたいなんだ」

簡単に言うと、『決闘をして勝った人と付き合う』ということだろうか。

真面目な見た目に反して、なかなかに豪快なことをしている人のようだ。

けどまあ、強い男性に惹かれる女性は多いと思うし、何より実力で敵わないとなればしつこく言い寄って来る男性冒険者たちもいなくなるから、かなり効果的な方法だと思う。

「ところがアリウム氏は、一介の冒険者など相手にならないほどの実力者で、今まで言い寄って来た男性冒険者たちをことごとく返り討ちにしているらしい」

「あぁ、そういえばかなり強かったもんなぁ」

天職は『召喚師』で、自分の魔力で魔獣を象って出現させることができる『召喚魔法』を得意としている。

魔力量が桁違いに多いことから、かなり強力な召喚獣も出現させることができるし、ローズの試験の時は僕すらも目で追うことができなかった『戦乙女』の一撃を、彼女だけは的確に視界に捉えていた。

相当な実力を有している証明に他ならない。

「あっ、だから僕のところに……」

「そう。育て屋のロゼに成長を手助けしてもらって、アリウム氏よりも強くなりたいんだよ。そうすれば告白も成功するだろう？」

恋の天使というのはそういう意味だったのか。

確かにこの恋路を成功させるためには強さが必要になるし、育て屋は差し詰め恋の天使だ。

「で、どうかな？　さっそく明日から成長の手助けをしてもらいたいって思っているんだけど……」

「……」

そうスイセンに問われた僕は、ふむと顎に手を添えて考える。

次いでチラッとスイセンのことを一瞥してから、少し心苦しい思いで答えた。

「二つ返事で了承は、ちょっとできないかな」

「んっ？　どうしてだい？」

「まだスイセンが〝どういう人間〟なのか、よくわかってないからさ」

「どういう人間か？　それは人格的な意味で、ということかい？」

「そう。スイセンの依頼は簡単に言っちゃえば、好きな人と結ばれるために強くなりたいってことだろ？　その気持ちを否定するつもりはないけど、もしスイセンが〝邪《よこしま》な想い〟を持ってアリウムさんに近づこうとしてたらさ……」

「なるほど、確かにそれだと二つ返事で了承はできないね」

スイセンはこくこくと頷いて僕の意見に賛同してくれる。

「僕、育て屋を開いてまだ日が浅いからさ、今まで関わってきたお客さんってそこまで多いわけじゃないんだよね。それでみんなたまたまいい人たちばっかりだったから、もし〝不純な動機〟を持ったお客さんが来たらどうしようってずっと考えてて……」

次いで僕はすぐさまかぶりを振った。

「もちろん、スイセンの動機が不純だと決めつけるつもりはないよ。だからもしよかったら教えてくれないかな？　アリウムさんのどこが好きなのかとか」

それを聞いてからでないと、成長の手助けはできないと思った。

僕は誰彼構わず手助けをしてはいけないのだと、最近になって考えるようになった。

きちんと力を持つべき人かどうかを見極めてからではないと、下手をしたら悪人に力を授けてしまうことになるから。

「別にスイセンのことを疑ってるわけじゃないし、こういうのは下衆の勘繰りっぽくなるから気乗りはしないけど……」

「いいや、ロゼの言いたいこともわかるから気にしなくていいさ。だから話すよ。俺がアリウム氏に〝魅了〟されたその理由を。彼女のことをどれほど大切に想っているのかということを」

スイセンは、遠い昔でも懐かしむように、虚空を見つめながら話してくれた。

「俺がアリウム氏に心を奪われたのは、ギルドで腫れ物扱いをされている俺に、彼女だけが優しく手を差し伸べてくれたからなんだ」

「腫れ物扱い？」

「ほら、見ての通り俺は〝美男子〟だろう？」

「……」

真面目な顔して何を言い出すかと思えば。

いや、スイセンは至って真剣だ。自分が美男子であると微塵も疑っていない。

だから僕は変に水を差さずにスイセンの言葉に耳を傾け続けた。

「そう、俺は誰もが羨む美形の男子だ。それゆえに相応の弊害もあってね。特に男女間トラブルだけは後を絶たないんだ」

「トラブル？」

「まあ簡単に言ってしまうと、俺が入ったパーティーは必ず〝崩壊する〟ということだよ。例えば仲の良い男女が混じったパーティーがあるとするだろ。そうなれば当然、誰かしらが恋仲の関係になっていても不思議ではない。少なくとも恋愛感情くらいは発生していると想像できるはず。そこにもし超絶美男子の俺が入ったらどうなると思う？」

「えーと……」

少し想像しにくい場面だし、何より超絶美男子という言葉が頭を埋め尽くしてイメージが湧かなかった。

だというのに、スイセンはこくりと頷く。

「そう、女性冒険者が全員俺に惚れて、男性冒険者たちの嫉妬を買ってしまうんだよ」

「えっ……」

「そのせいでパーティーの対人関係はめちゃくちゃになり、最終的に崩壊する。といった流れかな」

さらりとすごいことを言ってのけたな。

パーティーに入れば女性冒険者が全員惚れるなんてどんな能力だよ。

「まったく俺は罪深い男だよ。こちらにその気はないというのに、この美貌で数多の女性冒険者を虜にしてしまい、パーティー勧誘の声は後を絶たなかった。しかしいざパーティーに入ってみれば、男性冒険者たちからは手厳しい制裁を加えられて、追い出されるなんてこともしばしばだ」

「は、はぁ……」

「美しすぎるというのも考えものということだね。時には拒んでしまった女性冒険者からも恨みを買うことがあり、俺は今ギルド内で様々な呼び名で腫れ物扱いをされている」

心を痛めたように胸をぎゅっと掴みながら、スイセンは続ける。

「『女性冒険者を食い物にしている女たらし』や『見境のないナンパ男』。『パーティー壊し』なんて名前で呼ばれたこともあるね。……果てには『股狙いのスイセン』なんて汚名を付ける者までいるほどだよ」

「……ひどい名前だな」

股狙いのスイセンて……

さすがにそれは同情する。

ていうか、前にローズが言っていた『女性冒険者を食い物にしている女たらし』ってスイセンのことだったのか。

「至るパーティーで問題を引き起こしてしまったことで、俺は誰からも相手にされなくなってしまった。パーティーに入れてもらうことはおろか、話しかけても毛嫌いされるだけで、最後には冒険者だけではなく受付嬢さんたちにまで敬遠されてしまって……」

「腫れ物扱いっていうのはそういうことだったのか」

ただ外見が他の人よりも優れているというだけで、そこまでの扱いを受けるのはさすがに可哀想な気がする。

……たぶん、スイセンのこの性格と口調も災いしているんだろうけど。

「でも、アリウム氏だけは違ったんだ」

スイセンは遠い彼方を見つめるように瞳を細めて、心なしかしおらしい声をこぼす。

「彼女は、一人でいる俺に手を差し伸べてくれた。優しく声を掛けてくれた。俺と接していると心証が悪くなると心配しても、『周りの目など気にするな』と言って一人でもできる依頼を回してくれたりした」

スイセンは自愛的な性格を忘れさせるような、真っ直ぐな瞳でこちらを見て続けた。

「俺は別に、アリウム氏を外見だけで見初めたわけではない。確かに麗しい見た目であることに間違いはないが、彼女の本当の美しさはその内面にこそ秘められているんだ」

「……」

「だから俺は、アリウム氏に心を奪われた。生まれて初めて人を好きになった。今まで救ってもらった分だけ、生涯を通してアリウム氏を支えていきたいと思うようになった」

思いの丈を吐露したスイセンは、直後に長々とした息を吐き出す。

彼なりに緊張していたのだろうか、少し間を空けてから改めて僕に言った。

「これが、俺のすべてだよ。もしこれで納得してもらえないというのなら、俺は潔く君の協力を諦める。自分の力だけでアリウム氏を超えて、この想いを告げようと思う」

僕は育て屋として、依頼を引き受ける人は慎重に見極めなければならないと思っている。

仮に邪な気持ちを抱いている人に手を貸してしまった場合、悪人が力を付けてしまうことになるからだ。

その基準で言えば、今回協力を仰いできたスイセン・プライドという人物は……

「……引き受けるよ」

「えっ？」

「本当だったらここは、スイセンの力だけでアリウムさんを超えた方がいいんだろうけど、あの人よりも強くなるのは相当難しいだろうからさ。育て屋としてスイセンの依頼を引き受ける」

「……ロゼ」

話を聞いた限り、スイセンは信用に足る人物だと判断した。

彼が嘘を吐いている可能性も捨て切れないけど、スイセンがアリウムさんについて語る時の表情を見て、偽りのない本心だと直感した。

「ただし、僕はあくまで成長の手助けができるだけで、潜在能力の限界を超えさせてあげることはできないから。スイセンの才能そのものが足りてなかったら、そもそもアリウムさんより強くなることはできないって心得ていてくれ」

「なーに、その辺りは大丈夫さ。この俺を誰だと思っているんだい？　美しさだけではなく冒険者としての才能も恐れられているスイセン・プライドだぞ。そもそもこれだけの超絶美男子が才能無しだなんて、そんなことは間違ってもあるわけないだろ」

スイセンは元気を取り戻したようで、相変わらずの自信過剰な台詞と共に高笑いを響かせた。

◇

スイセンの依頼を引き受けると決めた翌日。

さっそくその日から修行を始めることになり、僕は早朝から家を出ることにした。

先日のようにお客さんを待たせてしまっても申し訳ないと思ったので、『外出中』の札の他に急ごしらえの用件箱を置いておく。

そしてスイセンとの待ち合わせ場所である冒険者ギルドに急ぐと、先に彼が来ていた。

「まったく、この偉大なスイセン・プライドを二度も待たせるなんて、君も大概罪作りな男だよ」

スイセンはギルドの近くのベンチに腰掛けながら、すらっとした足を組んで待っていた。

どうぞ絵のモチーフにしてくださいと言わんばかりの得意げな顔である。

実際見映えがよくて目立っているし、通りかかる女性たちの視線もスイセンの方に集まっているけれど、見ているこちらが恥ずかしいので早々にスイセンを引っ張ってギルドの方に向かった。

「ところで、どうしてギルドを待ち合わせ場所にしたんだい？　君の家でもよかったんじゃないかな」

「修行のついでに討伐依頼も受けようと思ったからさ。どうせ魔獣討伐するなら同時に依頼も達成できた方がいいでしょ」

「うん、確かにその通りだ」

スイセンはパチンッと指を鳴らす。

まあ、討伐依頼を受けるついでに、もう一つの目的があるけど。

「一応、アリウムさんのことも一目だけ確認しておこうと思ったからさ。ギルドで待ち合わせする方が都合がよかったんだよ」

「んっ、なんだい？　もしかしてロゼも、こちらの話を聞いているうちに、アリウム氏の魅力に惹かれてしまったということかな？　でも残念ながら彼女と結ばれるのは俺だと決まっているから、その望みは限りなく薄いと思うよ」

「違う違う。普通にアリウムさんの力がどれくらいなのか確認しておこうって思っただけだよ」

と言っても、勝手に天啓を覗くつもりはなく、外見だけでおおよその実力を測るだけだけど。

「ある程度の力量がわかってた方が、どれくらいの強さを目指して修行すればいいか明確になるだろ。僕としてもそれを知っておいた方がやりやすいし」

「なるほどね。それならしかと目に焼きつけるといいよ。アリウム氏の底知れない力と美しさを！」

「なんでスイセンが誇らしげに言うんだよ」

そのことに呆れつつも、僕は不意にあることを思い出して彼に尋ねた。

「ていうかさ、昨日の夜、スイセンから大切なことを聞くの忘れてたんだけど」

「大切なこと？」

「スイセンの〝天職〟って何？」

さすがにこれを知らないとどういった修行をしたらいいのかも決められない。

もしすでにある程度の実力が備わっているとしたら、修行場所も西の森ではなく東の遺跡地帯とかにした方がいいだろうし。

「君はそういうのもわかる力を持ってはいないのかい？　人の成長を手助けする天職なのだから、天啓を調べたりする能力とかを宿していたりしそうだけど」

「一応あるけど、勝手に人の天啓を見るのは極力避けるようにしてるんだよ。覗き見みたいになるのが嫌でさ。だから改めて天職教えてよ」

今一度スイセンにそう問いかけると、彼は肩をすくめて笑い声を上げた。

「ははっ、俺は天職なんてもので括れるような人間じゃない。神に定められた生き方などはなく、俺は自分の意思で運命を歩んでいるのさ」

「そういうのいいから早く天啓出して」

「……せっかちな男はモテないぞ」

そんなじゃれ合いに付き合うつもりはなく、僕は呆れた顔で一蹴する。

スイセンはため息を漏らすと、右手を開いて式句を唱えた。

「天啓をしめ……」

だが、その寸前——

スイセンが突然、通りの前方を見てハッと息を呑んだ。

次いですかさずこちらの手を取り、脇の小道まで引っ張られる。

「な、なんだなんだ？　どうしたんだよ急に……？」

スイセンは小道からそっと顔を出して、通りの方を静かに窺う。

何事だろうと思って同じく通りを見ると、先の方から三人組の女性が歩いて来ていた。

彼女たちが近づいて来るにつれて、次第に話し声が届いてくる。

「スイセンの奴、本当にざまぁないわ」

「……？」

三人組のうちの一人がスイセンの名前を口にして、僕は不穏な空気を感じ取る。

耳を澄ませると、もう一人がその発言に同意したようにこくこくと頷いていた。

「『股狙いのスイセン』なんて、本当にお似合いすぎて笑っちゃったもの。誰が悪評を広めたのかはわからないけど、もう恥ずかしくてまともにギルドに来られないでしょ」

「シオン様まで弄んだんだから当然の報いに決まってるじゃない。他にも身に覚えがある女性冒険者が多いみたいだし、元からそういう奴だったってことよ」

「……」

二人がそんな話をしていると、三人組の真ん中にいた紫髪の女性が、おっとりとした瞳を悲しげに伏せた。

「あっ、ごめんなさいシオン様。嫌なことを思い出させてしまって」

「どうかお気になさらないでください。あんな男のことでシオン様が悲しい思いをすることなんてありませんから」

「はい、大丈夫ですよ。わたくしはもう気にしていませんから」

紫髪の女性は頑張った様子で笑みを浮かべて、胸元に手を当てながら痛ましい声をこぼす。

「それに、スイセン様に心惹かれていたのは事実ですから。わたくしはあの日々を決して悪い思い出だったとは言いません。スイセン様にもきちんと向き合っていただきましたし、もう心残りはありませんよ。どうか皆様心配なさらないでください」

「「シオン様……」」

三人組はそのまま小道の前を通り過ぎて行き、次第に見えなくなってしまう。

彼女たちが去った後、スイセンは悲しげな様子で目を伏せていた。

具体的にどんな経緯やら事情があるのかはわからないけれど、今の会話がスイセンに対する陰口であることだけはわかる。

だから僕は踏み込んでいいものか迷っていると、その戸惑いを察したようにスイセンから話をしてくれた。

「別に、大したことではないさ。俺が美しすぎるあまり、一人の女性を勘違いさせてしまったのがいけないんだよ。顔を合わせるのも気まずかったからね、こうして隠れたってわけさ」

いつもの自信過剰な口調で取り繕おうとしているが、スイセンの顔には悲しげな雰囲気が滲んでいる。

彼は通り過ぎていった紫髪の女性に引きずられるように、人混みにぼんやりとした視線を向けた。

「あの女性はシオン・ナーバス氏と言って、元々同じパーティーに所属していた冒険者なんだ。お淑やかな性格と柔らかい人相から、界隈でも多くの愛好家《ファン》がいる人物で、そんな女性が共に冒険をする中で俺に好意を抱いてくれたんだ。しかしこちらにその気はないと断ったら……」

「もしかして、その噂がどこからか広まって、愛好家《ファン》たちの耳にも届いちゃったってことか？」

「……あぁ。ただでさえ各所で男女間トラブルの火種を作っていたからね。まさにそれからふしだらな噂が多く出回るようになってしまったんだよ」

自分が崇拝している人物がフラれたなんて噂を聞いたら、スイセンに白い目が集中するのは当然の成り行きだ。

それがしかも『パーティー壊し』と言われるほどの不純な人物だとしたら、尚のこと攻撃的な視線が集まるのは自然だろう。

「だが、俺はもうそんなことは気にしていないよ。シオン氏をフってしまったことは申し訳なく思っているが、今では本当に心に決めた想い人がいるからね。それにアリウム氏にも『周りの目など気にするな』と言われたし、ギルドでどんな噂が流れていようが俺はなんとも思わないよ」

想い人のアリウムさんからの言葉を胸に、前向きなその姿勢を貫こうとするスイセン。

その信念を見て、僕は思わず感嘆の声を漏らした。

「強いな、スイセンは」

「美しい、を付け忘れていないかい？」

「……僕の感心を返せよ」

最後まで締まらない奴だ。

ただまあ、あれだけボロクソな陰口を聞いちゃったのに、平気でいられる精神力は見習うべきだと思う。

「じゃあまあ、気を取り直して、討伐依頼の受注をしに行こうか。なんだったらギルドには僕一人だけで行ってもいいけど。またあんな陰口言われるのは嫌だろうし……」

「周りの目など気にしない、と言ったはずだろ。当然俺もついて行くさ。アリウム氏より強くなって、告白を成功させるためなんだからね」

「あっ、それで結局、スイセンの天職ってなんだったんだ？　さっき聞きそびれちゃって……」

するとスイセンは、前髪をパッと払って微笑をたたえた。

「ふふっ、何度言わせるつもりなんだい？　俺に定められた生き方なんてありはしない。天職とは神に決められるものではなく、己が信念のもとに初めて見つけるものなんじゃないかな」

「だからそういうのいいから早く天啓出してよ！　いつまで経っても依頼決められないだろ！」

何回これを繰り返すつもりなんだよ。

するとスイセンは『やれやれ』と言わんばかりに肩をすくめて、今一度式句を唱えた。

「【天啓を示せ】」

ようやくのことで天啓を取り出すと、それを僕の方に渡してくる。

僕は『どれどれ』と呟きながら、受け取った天啓に目を落とすと……

「………………はっ？」

我ながら、なんとも素っ頓狂な声を口からこぼしてしまった。

次いで何かの見間違いかと思って、ゴシゴシと目を擦る。

しかし目に映る景色に変化はなく、僕は間抜けにも口を開けて固まってしまった。

なぜなら、僕の目に映ったのは……


【天職】

【レベル】

【スキル】

【魔法】

【恩恵】


白紙。

ほとんど何も書かれていない、白紙同然の天啓だったからだ。

「だから言っただろう。俺はそんなもので括れるような人間じゃない。たとえ神でさえ、俺の運命を定めることはできないんだよ」

「……」

得意げな様子で金髪を掻き上げるスイセンとは対照的に、僕は呆気にとられてしまう。

どこからどうツッコんだらいいか迷っていると、スイセンが『パンッ』と手を叩いて小道から出ようとした。

「さあっ、何はともあれ天啓も確認してもらったことだし、さっそく討伐依頼を受けに行こうじゃないか」

「ま、待て待て待てっ！」

僕は咄嗟にスイセンを止める。

腕を引っ張って再び小道に連れ戻すと、僕は手に持っていた紙をスイセンの顔の前に力強く掲げた。

「こ、これ、本当にスイセンの天啓なのか？」

「今さら何を疑っているというんだ？　実際に君の目の前で、俺がその天啓を出して見せたじゃないか」

「て、手品とかじゃないよね？」

「どれだけ疑えば気が済むんだい。俺の天啓のどこがおかしいって言うんだ？」

「〝どこ〟がって、そんなの全部に決まってるだろ。こんな天啓、今まで見たことがない。これじゃあ天職も何もないってことになるじゃないか」

天職なし。スキルなし。恩恵なし。

こんなの全部がおかしい。

僕は改めてスイセンの天啓に目を落として、ある一つの言葉を脳裏に浮かべた。

「もしかしてスイセンは、『冒涜者《ウィード》』なのか？」

「冒涜者？」

「僕も詳しく知ってるわけじゃないし、実際に会ったことはまだないんだけど、〝天職を与えられていない人間〟が世界にごく少数いるんだって。そういう人たちのことを『冒涜者』って呼んでるって聞いたことがあるよ」

「ほぉ、俺はそう呼ばれた覚えはないけどね。でもなぜ冒涜者なんて呼び方をされているんだい？まるで天職を持たない人間が、大罪を犯した〝無法者〟みたいじゃないか」

「……事実、そうじゃないかって言われてるから、冒涜者なんて呼び方をされてるんだよ」

「……？」

不思議そうに首を傾げるスイセンに、僕は今一度天啓を見せて続けた。

「天職は、生まれながらにして神様が与えてくれるものだろ。地上に蔓延《はびこ》る魔獣に対抗するための手段として、神様が天職っていう超常的な力を僕たちに授けてくれているんだ」

「当然、それくらい知っているに決まっているだろう。だからなんだと言うんだい？」

「天職を与えられていないってことは、つまり〝神様に見捨てられてる〟って捉え方ができるだろ。危険な魔獣が闊歩する世界に、丸裸で放り出されてるようなものなんだから」

「……まあ、そう言われてみると、確かにそんな気もしてくるね」

うんうんと頷くスイセンを見て、さらに僕は説明をする。

「それで、昔の話らしいんだけど、天職を与えられていない人間……つまり神様に見捨てられた人間は、神様に危険視されている存在じゃないかって恐れられるようになったみたいなんだよ」

「神様に危険視？」

「前世で何かとんでもない大罪を犯していたり、人格的な問題が発覚して将来を危ぶまれていたり。だから神様はそういう危険人物に対して、力を悪用されないように天職を授けることはしてないんだってさ」

あくまでただの伝承ではあるが。

「まあ、そんな話がどこからか広まったもんだから、天職を与えられていない人間は神様から見放された存在――『冒涜者』って呼ばれるようになったんだって」

「ほぉ……」

「スイセンがその冒涜者って確証はないから、気にする必要はないと思うけど…………ていうか問題なのは、スイセンに天職がないのは事実で、魔獣と戦う力がないってことなんだよ。これじゃあとてもアリウムさんより強くなることなんてできない。スイセンはどうやってアリウムさんを超えるつもりでいたんだ？」

天職は力の源。

それがなければ身体能力を向上させる恩恵も宿らず、スキルや魔法だって使えない。

それでどうやって、並み居る男性冒険者を返り討ちにしている、一級冒険者相当の実力を持つアリウムさんを超えるつもりだったのだろうか？

そう問うと、スイセンは『パチンッ』と指を鳴らした。

「それを考えるのが、君の仕事じゃないのかい？　育て屋のロゼ」

「いやいや無茶言うなよ！　いくら僕が育て屋だからって、天職のない人間まで強くすることなんてできないぞ。僕の力はただ、天職のレベルを急成長させるだけなんだから」

天職がなければ、『育成師』の力だって上手く機能しない。

「そもそも天職のないその状態で、今までどうやって冒険者活動をしてきたんだよ？　恩恵もスキルもない体で魔獣と戦うなんて無茶だし、パーティーにも入れてもらえないはずだろ」

どうしてスイセンは、これまで色んなパーティーに所属することができたのだろう？

「見くびってもらっては困るね。たとえ天職などなくても、俺を必要としているパーティーは数多くあるのさ」

「えっ？　もしかしてスイセンって、天職がなくても魔獣と戦える力があったりするのか？」

「いいや、そんな力はないさ。言ったじゃないか。俺は数多の女性冒険者を虜にして、パーティー勧誘いの声が後を絶たなかったとね。彼女たちは純粋に俺の魅力に惹かれて、パーティーに誘ってくれているんだよ」

「そ、それってつまり、戦闘要員じゃなくて、ただ一緒にいたいから勧誘されてただけってこと？」

「まあ、男性冒険者から誘われることもあったけどね。どうやら俺と一緒に行動していると、女性冒険者たちから注目してもらえるようになって、パーティーに入りたいという声をたくさんもらえるらしいんだ。彼らからはとても感謝されていたものだよ」

「…………それ、もう冒険者じゃないじゃん」

パーティーに加入しても、天職がないので魔獣とは戦わない。

ただ一緒に行動しているだけの、役割不明のパーティーメンバー。

それはもはや冒険者とは言えないじゃないか。

「おいおい、心外だな。俺も別に、パーティーに入って何もしていなかったわけじゃないよ。これでも〝舞踊〟と〝歌唱〟の嗜みがあるからね、宴の席で一芸を披露してパーティーメンバーたちを盛り上げたりしていたものだよ」

「いや、戦えよ」

実力ではなく魅力で勝負する冒険者なんて聞いたことないぞ。

いや、その話はもういい。とにかくスイセンに戦闘能力がないことはわかった。

それでどうやってアリウムさんより強くなればいいのか、僕は考えなければならない。

育て屋として依頼を引き受けた以上は、簡単に投げ出すわけにはいかないから。

でも、いったいどうすればいいんだろう……？

天職を持っていない人間を、一級冒険者と同じくらい強くする方法。

これまでそれなりに伸び悩んでいる冒険者たちの手助けをしてきたけれど、これほど厄介なお客さんは初めてだ。

当の本人は、なぜかまったく焦った様子を見せず、近くに転がっていたビンを拾って映り込む自分に見惚れている始末だし。

少しは一緒に考えてくれよ、と一人で頭を抱えていると、不意に脳裏に一つの話がよぎった。

「………そういえば、大昔に天職を持ってない冒涜者の人間が、魔獣の大群を倒して町を救ったって話を聞いたことがある気がする。それまで冒涜者として民衆に恐れられていたけど、その戦果によって英雄として称えられるようになったって」

「へぇ、そんな話があるのか」

僕もぼんやりとしか覚えていない話なので、確かなものかはわからないけれど……

「もしかしたらそういう記録とかが残ってるかもしれないし、一度図書館に行ってみてもいいかな？冒涜者のことについても、改めて詳しく調べてみたいし」

「今まさに俺もそう言おうと思っていたところさ！」

指を鳴らしたスイセンは、僕よりも先に図書館に向けて通りの方に歩いていった。

依頼内容もそうだけど、何よりスイセンの相手をするのが相当な負担になりそうだと、僕は密かに不安に思ったのだった。

第六章　冒涜者の育て方

スイセンに天職がないことがわかり、僕たちはギルドに向かわず図書館へとやって来た。

調べ物をするならまずここだ。

冒涜者《ウィード》に関する曖昧な知識を確かなものにするために、スイセンと一緒に書物を漁ることにする。

するとなんとそこには、見知った人物がいた。

「あらっ、こんなところであんたと会うなんて珍しいわね」

「コ、コスモス？」

見慣れた黒ローブ姿の幼女魔術師——コスモス・エトワール。

彼女は本棚の近くの椅子に腰掛けて、地面に届いていない足をぷらぷらと揺らしながら大きな本を読んでいた。

ブーツを脱いでいることから、椅子を踏み台代わりにして高い位置の本を取り、そのまま読み始めてしまったらしい。

まさかここでコスモスと会うとは思わなかった。

「な、なんで図書館にいるんだ？」

「なんでって、私がここに来ちゃいけないのかしら？　私だって本くらい読むわよ」

「いや、なんかちょっと意外でさ」

普段から一緒にいて、あまり本を読むイメージがなかったから。

「私はこれでもエトワール伯爵家に生まれた貴族令嬢なのよ。幼い頃は英才教育を受けてたし、それなりの教養だってあるんだから。習慣として本を嗜むくらいはするに決まってるでしょ」

「へ、へぇ……」

そういえばそうでしたと改めて思い出す。

こう見えても、と言っては失礼だが、一応コスモスは伯爵令嬢という立場だ。

薄情な両親に見限られて、家を追い出される事態になったが、幼い頃は期待を寄せられて英才教育を施されていたらしい。

そんな会話をしていると、後ろで僕たちのやり取りを見守っていたスイセンが横から顔を覗かせた。

「ロゼ、そこにいる子はどちら様かな？」

「あっ、ごめん。この子はコスモスっていって、育て屋として成長の手助けをさせてもらったことがあるんだよ」

「ほほぉ……」

スイセンは物珍しげにコスモスのことを見つめる。

対してコスモスはその視線を受けけて、居心地悪そうに身をよじった。

……なんだろう、この組み合わせはなんだか不穏な気配を感じる。

するとスイセンは、怪訝な顔をするコスモスを見てそっと〝右手〟を差し出した。

「初めましてだねコスモス嬢。俺はスイセン・プライドというんだ。……絵本のコーナーならあそこにあったから、俺が連れて行ってあげよう」

「あっ？　今あんたなんて言った？」

「スス、スイセン！　これでもコスモスは自立してる冒険者で、見た目通りの年齢じゃないから！」

耳を疑うようなことを言い始めたので、急いで僕はスイセンを後ろに下がらせた。

びっくりした。なんてことを口走っているのだ。

まさかいきなりコスモスの気に障《さわ》るようなことを言い出すなんて。

「で、そこにいるめちゃくちゃ腹立つ男はいったい誰なのよ？　【流星《メテオ》】を撃ち込む前に素性だけは聞いといてあげるわ」

「ぼ、僕の顔に免じて、それだけは勘弁してあげてくれないかな……。一応スイセンは僕のお客さんだからさ」

「お客さん？」

コスモスが首を傾げたのを見て、僕は事情を説明してもいいかスイセンに問いかけた。

すると彼は、『是非とも俺の素晴らしい恋路を聞かせてあげてくれ』と快く了承してくれたので、遠慮なくコスモスに事情を伝える。

「……なるほどね。受付嬢さんへの告白を成功させたいから強くなりたいと。それで育て屋に依頼を出したわけね」

事情を理解したコスモスは、にやりと悪戯っぽい笑みを浮かべて言う。

「ならあんたが支援魔法を掛けてあげて、フランの武器でも持たせてやったら、強くならなくても受付嬢さんには勝てるんじゃないの？」

「仮初めの力すぎるだろ！」

なんだよその作戦。他力本願にも程があるだろ。

それでたとえアリウムさんに勝てたとしても、実力を認めてもらえるはずもない。

「まあ、今のはさすがに冗談として、真っ当に強くなりたいなら町の外で修行するのが一番なんじゃないの？　それでなんであんたたちは図書館に来てるのよ」

「いや、まあ、単純にそうもいかなくてさ……」

天職のことも説明するべきかどうか迷っていると、なんとスイセンの方から誇らしげに語った。

「俺は何者にも縛られない孤高の存在だからな。神が定めた天職というのもないんだよ」

「天職が……ない？」

「あぁその、コスモスは『冒涜者』って聞いたことないか？」

「んっ？　それって確か、神様に見放されて、天職を与えてもらえなかったっていう人たちのことよね」

「その人たちと同じように、スイセンにも天職が宿ってないんだよ。だからまともに魔獣討伐をしても成長ができないからさ、町の外で修行しても意味ないと思って……」

次いで僕は、本棚の方に目を向けながらさらに説明を重ねる。

「それで、前にどこかで冒涜者の人間が魔獣の大群を倒して町を救ったっていう話を聞いたから、その話を調べたらスイセンでも強くなれる方法とかわかるんじゃないかなって思ってさ。まあこの中から探し出すのは骨だろうけど」

「冒涜者の人間が、魔獣の大群を……」

話を聞き終えたコスモスが、訝しげな顔で眉を寄せる。

どこかおかしなところがあっただろうかと思っていると、コスモスがはたと何かに気付いたように、黒眼をぱちくりと見開いた。

「それ、『ダンデライオンの英雄譚』じゃない？」

「えっ？」

「聞いたことないかしら？　辺境の田舎村に生まれた冒涜者の少年が、周りから蔑まれてる中、魔獣の大群と戦って村を救う話よ。その少年の名前がダンデライオンっていうから、ダンデライオンの英雄譚っていうの」

「そ、それ、英雄譚のお話だっけ？」

コスモスは〝うんうん〟と頷く。

ダンデライオンの英雄譚。確かに僕も少しだけ聞き覚えがあるタイトルだ。

でもはっきりとした内容は覚えていない。

「あんたよく冒険譚とか読んでるし、どこかのタイミングで読んだことがあるんじゃないの？」

「うん、たぶんそうかも。読んだのかなり前だと思うけど」

まさかコスモスに思い出させてもらうことになるとは思わなかったな。

「確かこの図書館にもあったと思うわよ。でもあの話を調べたからって、実際に天職を持ってない人を強くできるとは思えないんだけど」

「まあ、ダメ元で調べてみるよ。ちょっとしたヒントだけでも掴めたらそれでいいし」

だって今のところ、それ以外にやれることがないからね。

とりあえずは調べてみるしかないのである。

「また厄介な依頼を引き受けちゃったみたいね。せっかくだし私も一緒に探してあげるわよ」

「おぉ、ありがとコスモス」

心強い味方も得られたところで、僕たちはさっそく『ダンデライオンの英雄譚』を探すことにした。

この図書館を習慣的に利用しているコスモスに先導してもらい、冒険譚が集まっている棚に向かう。

コスモスのおかげで迷いなく目的の場所に辿り着くと、それから手分けしてダンデライオンの英雄譚を探した。

するとすぐに……

「あったわよ」

「えっ、はやっ！」

コスモスがそれらしいものを見つけたようで、本棚の上の方をつま先を伸ばして「これこれっ」と指していた。

さすがは図書館の常連客。目当ての書物を探すのも得意のようだ。

コスモスがいてくれて本当によかったと思いながら、その本を手に取ると、表紙にはこう書かれていた。

『ダンデライオンの英雄譚』

その題名と表紙を見た瞬間、僕は記憶の奥底を強く刺激される。

そうだ。確かにこの本だ。

とある田舎村に生まれた、とてもとても内気な少年――ダンデライオン。

彼は天職を持たない冒涜者として村人たちから蔑まれていた。

弱虫で内向的な性格だったこともあり、同年代の子供たちからは執拗な意地悪を受けていた。

しかし村にはたった一人、仲良くしてくれる幼馴染の女の子がいた。

ある日、魔獣の大群に村が襲われて、その女の子も窮地に追い込まれた。

ダンデライオンは村のためではなく、そのたった一人の女の子を助けるために魔獣たちに立ち向かい、冒涜者でありながらその大群を迎撃してみせた。

結果的に村を救ったダンデライオンは、村人たちからこれまでの非を謝罪されて、最後には英雄として称えられるようになった。

以上が、ダンデライオンの逆転劇を描いた英雄譚の詳細である。

「冒涜者でありながら魔獣の大群を……ロゼの記憶に間違いはなかったみたいだね。でも、ダンデライオンはどのようにして魔獣を倒したんだい？　俺と同じように天職がない人間だったんだろう？」

「それもちゃんと書いてあるよ」

僕は該当のページを開いて確認しながら、その劇的な展開を語った。

「ダンデライオンは死地に直面した際、幼馴染の女の子に対して〝密かな気持ち〟を明らかにしたんだ。たった一人仲良くしてくれた女の子への盛大な〝恋心〟。内気なダンデライオンが、勇気を振り絞って思いの丈を告げたその瞬間――眠っていた天職が〝目覚めた〟んだ」

「天職が、目覚めただって？」

スイセンは驚いたように目を丸くした。

よもや生まれながらに天職を与えてもらえなかった同族が、その天職を覚醒させたなんて想定していなかったのだろう。

僕も当時、この物語を読んだ時に、衝撃的な展開で創作を疑ったくらいだから。

「この英雄譚は、史実に則った物語なんだろう？」

「……って、この本には書かれてるよ。筆者の匙加減で多少は改変されてる部分もあると思うけど、概ね事実に沿って書かれてるはず。だからダンデライオンっていう人物は確かにいたし、冒涜者でありながら天職を覚醒させたのもたぶん本当のことだ」

で、この話を信じるなら、ダンデライオンは白紙だったその天啓に新たに天職を刻み込んだということになる。

もし同じようにスイセンにも天職が覚醒すれば、『育成師』の力を使って今度こそ彼を強くしてあげられる。

「天職を得られない人間なんていないってことだ。だからダンデライオンに倣ってスイセンも天職を覚醒させれば……」

「しかし、いったいどのようにして天職を目覚めさせればいいのかな？　ダンデライオンのように想い人に告白すればいいということかい？」

「うーん、単純にそんな話でもないと思うよ。好きな人に告白するだけなら、他の冒涜者の人もやってそうなのに、天職を覚醒させたっていう話をまったく聞かないからさ」

だから告白するということが、天職の覚醒条件ではないと思う。

もっともこの英雄譚からはこれ以上は読み取りようがないけど。

ここで手詰まりか、と思われたその時……

「ねえ、二人ともこれ見てよ」

「「……？」」

僕たちが話し合っている間に、別のコーナーに行っていたらしいコスモスが、一冊の本を持って来てくれた。

著者名はコルシックで、題名は『人間性と神託の関係性』となっている。

何かの参考になりそうだと思って目に留めたらしい。

どうやら天職と人間性の結びつきについて調べた本のようだ。

〝神託〟というのは昔の言葉らしく、神様が天職を授けてくれることを意味したものとのこと。

コスモスの勘は当たっていたようで、その本の中に目ぼしいページを見つけた。

「〝天職を持たない人間〟と神託との関係性……。ってこれ、冒涜者に関することだよね。よく見つけられたな」

「天職に関する本だから、それらしいのが載ってても不思議じゃないと思ってね。まあほんの数ページしか書かれてないけど」

確かに情報自体は少ないようだけれど、とても価値のあることがそこには書かれていた。

神から天職を与えられていない人間たちに、ある共通点を見つけた。

それは、心に何かしら、大きな〝悩み〟を抱えているということ。

神はその者の人間性に合わせて天職を見繕うとされている。

通常、人格が形成され始めるのは三歳ほどからで、十歳前後で確立されると言われている。

生育環境によっても左右されるものであり、そのため生まれながらに人間性に合わせて天職を見繕うことなど常識的に考えればできるはずもない。

しかし神は先見の明によって、その人間が将来どのような人格を形成し、どのような生き方が相応しいのか見定めることができるそうだ。

ただ、将来的に心に大きな悩みを抱えて、生き方に迷いを生じさせる人間は、神が天職を定めることができないらしい。

ゆえに悩みを解消して真意を獲得することができれば、神が改めて天職を授けてくれる。

冒涜者は冒涜者にあらず、神を冒涜したことで天職を与えられなかったわけではないのである。

簡単にまとめると、以上のようなことが書かれていた。

「天職を与えられてない人は、心に何かしら大きな〝悩み〟を抱えてる、か」

「実際に、心の悩みを無くして天職を覚醒させた人間が、遥か昔にいたって書いてあるわね。記録できる媒体が限られてた時代の話みたいだから、具体的な証拠とかは残ってないっぽいけど」

「でもこれが事実なら、ダンデライオンの英雄譚の話とも一致するよ」

ダンデライオンも自分の弱気な心に悩みを抱えていて、愛を伝えて勇気を得ることができたから天職が覚醒したんじゃないだろうか。

信憑性は割と高いと思う。

悩みを取り払って人間性を確かなものにした時、神が改めて天職を覚醒させてくれる。

他に頼りになる情報も特にないので、これを信じてみてもいいかもしれない。

スイセンにも意見を聞いてみようと思って、彼の方を一瞥してみると……

「……」

スイセンは、本に目を落としながら、心なしか思い詰めるような顔をしていた。

まるで何か、思い当たる節でもあるかのように。

「スイセン、お前もしかして……何か〝悩み〟とかあるんじゃないのか？」

「――っ！」

問いかけてみると、スイセンはハッとした様子で顔を上げて、すぐにいつも通りの表情になって前髪を掻き上げた。

「悩み？　それはつまりその人間の〝弱さ〟ということだろう？　俺にそんなものがあるように見えるかい？　ま、強いてそれを挙げるとすれば、悩みがないことが唯一の悩みになるかな」

「……あんた、またとんでもない奴を連れて来たわね」

スイセンが『パチンッ』と指を鳴らす姿を見て、コスモスはわかりやすく呆れ果てる。

「しかしなるほど。俺に天職がないのは、神がまだ俺の運命を決めあぐねているということか。そう言われると確かに説得力があるかもしれないな。俺ほどの人間に適した天職なんて、そう簡単に決められるはずがないからね」

スイセンはそう言うと、何かを取り繕うように頬に笑みを浮かべた。

「ともあれ、天職を持たない人間でも天職を目覚めさせることができるとわかったんだ。引き続きそのことを調べて、〝別の方法〟がないか探してみようじゃないか」

「……」

天職を覚醒させる。

実例がある以上、確かにその可能性に賭けてみるのは悪くないが……

「いや、今日はもう解散」

「えっ？　なぜだいロゼ？」

「色々と考え事して疲れちゃったからさ。調べ物とかはまた明日にしよう。僕はもう家に帰って休みたいよ」

「……相変わらず怠けてるわねあんた」

後ろからコスモスの呆れた視線を頂戴する。

ただ、スイセンは僕のことを気遣ってくれてか、引き止めることはしなかった。

「わかったよロゼ。こっちは強くなるのを手伝ってもらっている身だからね。変に我儘を言うつもりはないよ」

「せっかく強くなれるヒントを見つけられたのに悪いな」

「いいさ別に。それに一人でも調べ物くらいは進められるからね。君は家に帰ってゆっくり休むといい」

その言葉に甘えさせてもらい、僕はここでお暇《いとま》することにした。

また明日、同じ時間にギルドの前で集まることを約束して、図書館を後にする。

すると後ろからコスモスがついて来て、隣から怪訝な顔で見上げられた。

「ちょっと、帰っちゃってよかったの？　せっかくいいところまで調べられたのに」

「大丈夫。一応、僕に考えがあるからさ」

「考え？」

スイセンに対して〝悩み〟があるか聞いた時、何か気まずそうな空気を感じた。

その後、スイセンはいつも通りに振る舞っていたつもりだったのだろうが、僕はずっと彼の様子に違和感を覚えていた。

「スイセンは『悩みがない』って言ってたけど、あの顔はきっと〝何か〟あると思う」

「何かって、具体的に何よ？」

「何かは何かだよ」

上手くは言えないけれど、あれは何かを隠しているような顔だった。

まるで抱えている悩みを、僕たちに知られたくないというような表情。

「だから、これからちょっとだけ、それについて調べてみるよ」

「調べる？　って、何するつもりよ？」

訝しげな目でこちらを見るコスモスを、小道の方まで手招きする。

そして僕は、周りに人目がないことを確かめてから、自分の体に手をかざして唱えた。

「【気配遮断《ハイド》】」

◇

スイセンと別れて、家に帰るフリをして小道のところで待つこと一時間。

やがてスイセンが図書館から出てくると、僕は内緒で彼の後をつけた。

先ほどは『悩みなどない』と言ってはいたが、あの顔は確実に思い当たる節がある様子だった。

「だからこうしてこっそり尾行して、〝隠してる秘密〟を暴こうってわけね。なかなか面白そうな作戦じゃない」

「……別にコスモスまでついて来ることなかったんじゃないかな？」

【気配遮断】の支援魔法を掛けた後で言うのもなんだけど。

図書館では人手が必要不可欠だったけれど、この尾行は僕だけでも大丈夫な気がする。

「こんな中途半端なところで帰るなんてすっきりしないじゃない。ここまで手伝ってあげたんだから、もう少しくらい付き合っても別にいいでしょ」

「そ、それもそうだけどさ……」

そんな話をしている間に、スイセンが人混みの中に消えてしまいそうになった。

僕たちは慌てて歩速を上げて、スイセンを見逃さない距離を保ち続ける。

きっとスイセンは、普通の人とは違った大きな悩みを抱えているはずなので、日常の中にその正体が垣間見える瞬間が必ず訪れるはずだ。

なんて思っていたのだが……

「……何やってんだよあいつ」

とことんあいつが〝変な奴〟ということしかわからなかった。

窓ガラスや水溜まりを見つける度に立ち止まり、反射して映る自分に見惚れている。

僕といる時も同じようなことをしていたが、一人の時も当然のようにやっているんだ。

気取ったように花屋で一本の花なんかも買ったりしているし。

「本当にあいつに悩みなんてあるのかしらね」

「さ、さあ……」

花の香りを楽しみながら、優雅に町を歩くスイセンを見ていると、悩みとは無縁の人種のように思えて仕方ならない。

「んっ？」

不安になりながらスイセンの後をつけていると、前方からジャケット姿の青髪の女性が歩いて来た。

その者の姿を見るや、スイセンは消えるようにして小道の方に折れてしまう。

僕たちも釣られて手近な木樽の裏に身を潜めると、やがてその人物の姿が明瞭になった。

「あの人って確か……」

すらっとした体格と、凛とした顔立ちのクールな女性。

テラさんと同じギルドの服装に身を包んでいるその人は、ローズの昇級試験の時に担当をしていた、アリウム・グロークという人物だ。

「アリウムさんだ」

「えっ、あの人が？」

「そう。スイセンがこれから告白しようとしてるギルドの受付さんだよ。あの人に想いを告げるために、スイセンは今強くなろうとしてるんだ」

「で、なんであいつ隠れてるのよ？　せっかく好きな人が目の前にいるのに、話しかけに行ったりしないのかしら？」

「さ、さあ……？」

スイセンなら積極的に行きそうな気がするんだけど。

しかしスイセンは小道の陰から静かにアリウムさんを見つめているだけで、決して接触しようとはしない。

思えば僕、スイセンとアリウムさんがどれくらい仲良しなのかまったく知らなかった。

今朝アリウムさんのことを見ようと思って、ギルドに行こうとしたのだが、結局進路を図書館に変えてしまったし。

少なくとも会話くらいはする仲だろうが、積極的に話す間柄ではないのかな？

「何よあいつ。もしかしてあの見た目と性格に反して、とんでもない〝奥手〟って言うつもりじゃないでしょうね？　それが抱えてる〝悩み〟なのかしら？」

「……ま、まあ、その可能性もあるとは思うよ」

あの様子を見る限りだと、僕もそのように思えてきてしまう。

考えてみれば、スイセンは思いのほか慎重な考えの持ち主だ。

アリウムさんへの告白を成功させるために、まずは自分が強くなろうと決めていた。

その姿勢は堅実とも言えるが、一方で臆病と捉えることもできる。

そんな〝奥手な心〟が、スイセンの隠している〝悩み〟なのだろうか？

「意外と言えば、まあ意外だけど……」

やがてアリウムさんが小道の前を通り過ぎて行くと、スイセンが小道から通りに戻って来た。

そのまま再び進み始めてしまったので、僕たちも慌てて彼の後を追いかける。

その後は特に何事もなく、スイセンは西区にある一軒の宿屋に姿を消した。

「で、どう？　あいつの悩みに繋がりそうな手掛かりは見つけられた？」

「うーん、どうだろう……？」

はっきりとしたヒントは得られなかったけど、少しだけ気になることは見つけられた。

いつも自信過剰で自己肯定感の塊みたいなスイセンが、実は〝奥手〟だという意外性。

果たしてあれがスイセンの悩みなのかはわからないけれど、その可能性は充分にある。

ともあれ明日、このことをスイセンに問いただしてみることにしよう。

というわけで尾行も終えたところで、僕たちは今度こそ帰ることにした。

夜もすっかり遅くなってしまったので、東区への近道をするために路地裏に入る。

その瞬間――

「――っ⁉」

脇の小道から、突如として〝黒ずくめの人物〟が現れた。

僕とコスモスは驚いたように飛び退《の》いて、その人物を警戒する。

真っ黒なフード付きマントと黒マスクで全身を覆っている者。

体格からしておそらく〝女性〟。

やがて路地裏の奥や後方の脇道からも、複数人の黒ずくめ集団が現れて、僕たちは見事に囲まれてしまった。

街灯も僅かにしか入らない薄暗い小道に、静寂と緊張感が迸る。

「…………どう考えても、友好的な集団じゃないわよね？」

「まあ、友達になろうって感じじゃないね」

ただの物盗り、とも考えにくい。

様子からして確実に僕たちのことを狙って来た集団だ。

僕とコスモスのどちらを狙ってのことか。あるいはその両方か。

僕は一番初めに出てきた黒ずくめの人物をじっと〝見据えて〟、僅かな驚きを隠しながら問いかけ

た。

「……僕たちに何か用ですか？」

問いかけを受けた黒ずくめは、単刀直入に驚くべき一言を投げてくる。

「スイセン・プライドから手を引け」

「はっ？」

「貴様が奴に協力している育て屋ということは知っている。ただちに手を引け。さもないと……」

僕狙いの急襲だったのか。

しかもまさかスイセンの依頼を止めようとしてくるなんて、理由はいったいなんだ？

「なんかこの展開、ちょっとだけ既視感があるわね。あんた、夜道を襲われる変な才能でも持ってるんじゃないの？」

「それはコスモスの兄貴のせいだろ……」

以前にコスモスの手助けをした時も、同じように夜道で彼女の兄に襲われた。

確かにあの時と少し状況が似ているかもしれないけど、それを僕の才能のせいにしないでほしい。

「大人しくスイセン・プライドから手を引けば、手荒な真似はしない。だから金輪際、あの男には近づくな」

警告を無視すれば痛い目に遭わせるという意志を感じる。

どういうつもりでスイセンから手を引けと言っているのかはわからない。

僕がスイセンに協力することで、この連中にとってどんな不利益があるのかは知る由もないけれど……

「僕はスイセンを助けるよ。悪いけど、あんたたちの言うことは聞けないな」

「……」

スイセンは今、強くなることを望んでいる。

純粋な恋心に従って、告白を成功させるために育て屋を訪ねてきた。

その気持ちが間違いだなんて思わない。

反抗的な意思を示すと、黒ずくめの女性が手を上げて、周りの連中が一斉に動き出した。

黒ずくめの集団が、棍棒や縄を振り回して突撃して来る。

人数は計十三人。圧倒的に不利な状況で、逃げ出せる隙間もなさそうである。

仕方なく突破口を開こうと考えていると、隣にいるコスモスが小さな声で呟いた。

「七秒だけお願い」

「七秒……？」

一瞬だけ首を傾げてしまうが、すぐにその意味を悟って僕は黒ずくめたちを寄せつけないように道端の樽などを転がした。

「【キラキラの笑顔――ドキドキしたこの気持ち――輝けわたしの一番星】」

後方から、コスモスのその言葉が聞こえてくる。

幼稚な式句を並べただけのような台詞を聞いて、黒ずくめの集団は吹き出すような笑い声を漏らした。

「ふっ、何よそれ。おまじないのつもり？」

「英雄様が助けに来てくれる魔法の言葉なのかしら？」

意味を知らない者たちにとっては、その程度にしか思えない言葉だろう。

しかし実際は……

「いいえ、あんたたちを泣かせる〝裁きの呪文〟よ」

「はっ？」

刹那、コスモスから凄まじい魔力が迸り、僕は思わず背筋を震わせた。

「【浮遊流星《アルタイル》】！」

コスモスがそう叫ぶと同時に、彼女の頭上に複数の魔法陣が展開される。

それは的確に黒ずくめの集団に照準を定めて、近づいて来た奴らを迎撃するように魔法陣から岩石が射出された。

「ぐはっ！」

人の頭ほどの大きさの岩石が、接近していた黒ずくめたちをほぼ同時に撃退する。

「な、何よあの魔法⁉」

「全員迂闊に近づくな！」

奴らは手の平を返したようにコスモスの魔法を警戒する。

一方でコスモスは奴らに脅しを返すように、手の平を見せながら言った。

「敵意を持って近づいて来た相手を自動で迎撃する『流星魔法』――【浮遊流星】。これであんたたちはろくに近寄って来られないわ」

「流星、魔法……？」

「あんたたちの目的はよくわからないけど、今みたいに痛い目に遭いたくなかったら、さっさと尻尾巻いて逃げ帰ることね」

警告のためだろう、わざわざ能力を開示したコスモスは語気を強めてそう言った。

圧倒的な強さを見せられたからか、奴らは好戦的な姿勢を崩してたじろぐ。

これで勝負ありか、と思わず安堵しかけると、最初に現れたリーダーと思しき女性が前に出て来た。

奴は懐から〝赤い髪飾り〟を取り出して、それを左手に握りながら声を張り上げる。

「だったらこれでどうよ……！【紅矢《クリムゾンアロー》】！」

瞬間、女性は右手をバッと構えて、そこから〝炎の矢〟を放ってきた。

かなりの速さで放たれた矢は、真っ直ぐにコスモスを狙って飛来する。

近づけないのなら、遠距離から攻撃しようという算段。

その考え自体は正しいが……

「よっ！」

僕は閃くようにナイフを振り抜き、コスモスに放たれた火の矢を空中で〝斬り落とした〟。

「なっ――!? い、今の魔法に、反応できるわけが……!?」

「何して来るかわかってるなら、そこまで難しいことじゃないよ」

僕の目には、奴の天啓が映し出されている。

触れている色に応じて使える魔法が変わる天職──『色彩師《しきさいし》』。

傍目にはどんな魔法を仕掛けて来るのかは確かにわからないが、奴の天啓にはその魔法の種類もすべて記されている。

だから赤色が、高速の火矢を放ってくる魔法だと僕はわかっていた。

「【浮遊流星】の効果対象は生物だけじゃなくて、私に害をもたらすものはすべて撃ち落とすようになってるから、別に助けてもらわなくても大丈夫だったわよ」

「あれっ、そうだっけ？」

余計な手出しをしてしまったかもしれない。

するとコスモスは、黒ずくめの女に鋭い睨みを利かせた。

「にしてもあんた、穏便に済むように逃げられる機会をあげたっていうのに、よっぽど痛い目に遭いたいみたいね」

「くっ……！」

コスモスの威圧的な言葉が黒ずくめたちを竦ませる。

次いで彼女は、まるで脅しでも掛けるみたいに式句を刻んだ。

「キラキラの笑顔──」

「ま、また何か仕掛けてくるわよ！」

黒ずくめたちは見るからに慌て始める。

先刻の岩石の痛みが記憶に新しいせいか、戸惑いと焦燥がこの場を包み込んだ。

「ドキドキしたこの気持ち――」

「だ、誰か早くあの娘を止めて……！」

「無茶言わないで！　近づいたらまたあれが……！」

コスモスは構わずに唇を動かして、奴らに絶望を叩きつけていく。

そして、最後の式句を唱えた瞬間――

「輝け私の……一番星」

コスモスの全身に、再び凄まじい魔力が迸り、彼女は〝夜空〟に向けて手を掲げた。

「【爆発流星《シリウス》】！」

その声に呼応するように、手の平に巨大な魔法陣が展開される。

通路を丸ごと飲み込んでしまいそうなほど大きな魔法陣は、僕たちの目を灼《や》くように光り輝くと、
そこから〝特大の岩石〟を撃ち出した。

夜空に向かって勢いよく撃ち上げられた岩石は、速度を緩めることなく遥か上空へと到達する。

刹那――


ドッゴオオオォォォォン!!!


僕たちの真上で、凄まじい音と光を放ちながら、空中で〝爆散〟した。

直後に強烈な熱風と衝撃が辺りに四散して、そのあまりの威力に〝町全体が震える〟。

黒ずくめの集団は夜空を見上げながら、呆然としていた。

同じく僕も驚きながら、ゆっくりとコスモスに視線を移す。

「い、今の新技？」

「そっ、新技。爆発する巨大岩石を撃ち出す【爆発流星】」

一見すると、コスモスが得意としている【流星】にしか見えなかったが、岩石は空中で強烈な爆発を起こした。

爆発効果を持った【流星】……ということだろうか？

なんとも恐ろしい。

「な、なんなのよ、あれ……」

「あんなの……は、反則じゃない……！」

脅しの効力は充分にあったようで、黒ずくめたちは戦慄していた。

ただ、コスモスはそのためだけに【爆発流星】を夜空に撃ち上げたのではないらしい。

「な、なんだ今の爆発は……？」

「この辺りで何かやっているのか？」

爆発を聞きつけた人たちが、次第にこの辺りに集まって来た。

コスモスが【爆発流星】を撃った意図は、周囲の人間にこの状況を知らせるためでもあったのだ。

まあ直接当てたら殺しちゃうだろうし、現状ではこういう使い方しかできないのか。

「さてと、これで直《じき》に衛兵たちも駆けつけて来るし、あんたたちの逃げ道はほとんどなくなっちゃったわよ。ここから全員で逃亡するのは難しいんじゃないかしら」

「くっ――！」

リーダーの女性は悔しがるように体を震わせる。

次第に周囲から聞こえて来る喧騒が大きくなってきて、黒ずくめの連中は見るからに焦り始めていた。

するとリーダーの人物が、咄嗟に懐から〝白い布〟を取り出す。

「【白霧《ミルキィアウト》】！」

触れている色に応じて使える魔法が変わる能力で、白は確か……煙幕の魔法。

あらかじめそうとわかっていた僕は、白い布が見えた瞬間、右手を自分にかざしていた。

「【視覚強化《オールビジョン》】」

刹那、周囲に煙幕が広がると同時に、視覚支援の効果で視界が明瞭になる。

どのような意図で視界を遮ろうとしたのかは知らないが、僕は万全の状態で迎え撃てる構えをとった。

だが……

「んっ？」

リーダーが指を鳴らした瞬間、左右の建物の屋上から〝縄〟が垂れてきた。

その縄には特殊な塗料が塗られているのか、煙幕の中でも微かに光って見える。

連中はその縄を手慣れた様子で上っていき、瞬く間に建物の一番上まで逃亡した。

「仲間を上に潜ませてたのか……」

逃げる算段も備えていたとは、なかなか用心深い連中である。

奴らは手際よくこの場から撤収し、白い霧が晴れた頃には姿が見えなくなっていた。

「煙幕の魔法も使えるなんて、結構便利な能力ね。天職はなんなのかしら？」

「手で触れてる色に応じて色んな魔法が使える『色彩師』らしいよ。赤は火の矢を撃てて、白は煙幕を広げるみたいだ」

「へぇ……」

自分で聞いておいて、あまり興味が無さそうな反応を示す。

特にあいつらを追いかけようとも提案してこないので、本当に奴らに興味が無いんだろうな。

「ありがとうコスモス。助けられちゃったな」

「別にいいわよこれくらい。それにしても、あいつらなんだったのかしらね？　なんでスイセンから手を引くように脅しに来たのかしら？」

「うーん、はっきりとはわからないけど……」

煮え切らない反応を示したからだろうか、コスモスが怪訝な顔で僕を見た。

「何か心当たりでもあるのかしら？」

「まあ、ちょっとね」

確かなことは言えないけど、とりあえず明日スイセンにこのことを話してみよう。

ともあれ、唐突な襲撃者たちは、コスモスの圧倒的な力によって迎撃することができたのだった。

「ち、ちなみになんだけど、くれぐれもさっきの魔法は、絶対に人に向けて撃たないように……」

「わかってるわよそれくらい。下手したら町だって消し飛ばしちゃうかもしれないんだから。……ていうか、もし私が町を壊しても、私のことをこんなに強くしちゃった、あんたの方にも責任があるんじゃないかしら？」

「えぇ⁉」

コスモスはそう言って、舌先を僅かに見せながら悪戯っぽい笑みを浮かべた。

第七章　神に見放された男

翌朝。

僕は約束していた通り、スイセンとの待ち合わせ場所に向かった。

昨夜はあの後、特に何事もなく自宅に帰れたし、コスモスのことも問題なく宿屋まで送り届けることができた。

黒ずくめの連中の目的は結局わからずじまいだったが、それもおおよその見当はついている。

それに渦中のスイセンに尋ねれば、大方のことは今日わかるに違いない。

「おはよう、ロゼ。今日もいい天気だね。まるで爽やかな俺に似ている、極限まで澄み切った青空じゃないか」

スイセンはまた、僕よりも先に待ち合わせ場所に来ていた。

約束の時間までまだ三十分もあるというのに。

「んっ、どうかしたのかい？　そんなに俺の顔をじっと見て。見惚れてしまったというのなら、存分に見てくれて構わないけど」

僕が意味深な感じでスイセンのことを見ていたからだろう、その気配を察して彼は首を傾げた。

昨夜のことを何も知らないので無理もない。

遠回りな言い方は得意ではないので、僕はスイセンを小道の方まで連れていって、単刀直入に告げた。

「昨日の夜、〝シオン・ナーバスのファン〟に襲われた」

「えっ……」

「『スイセン・プライドから手を引け』って」

黒ずくめの集団のリーダーと思しき『色彩師』の女。

あれは先日、ギルドの前でシオン・ナーバスと話をしていた女性冒険者の一人である。

名前はボタン・ユーフォリア。

昨夜、ギルドで該当する天職を持つ冒険者を聞き込みした結果、シオンのファンであるボタンが浮上した。

他に同じ天職を持つ駆け出しはいないとのことなので、犯人は彼女で間違いない。

「まあ、証拠は何も残ってないから、あいつらを捕まえることはできないけどな」

「……」

スイセンは僕が襲われたことを知って、いつもの余裕そうな顔を崩している。

直後、信じがたいことに、あのスイセンが頭を下げた。

「……す、すまない」

「あっ、いや、別に謝ってほしくて言ったわけじゃないよ。どうして奴らがここまで徹底して〝スイセンの邪魔〟をしてくるのか、その理由が知りたいだけで……」

「り、理由？」

「シオンをフったことでファンたちから恨まれてるっていうのはもう聞いてるけど、僕に脅しを掛けてまでスイセンの邪魔をするのは明らかに不自然だろ？　何か特別な理由とか知ってるなら話してほしくて……」

奴らが何か大きな目的を持っているのだとしたら、今のうちにそれを知っておきたい。

スイセンなら当事者だし、それを知っているんじゃないかと思ったんだけど……

「なぜロゼが狙われたのかは、俺にもよくわからない。ただ、おそらくだけど、シオン氏のファンたちは俺が〝孤立〟することを望んでいるんじゃないかな」

「孤立？」

「俺の悪評をギルドで流しているというのはもう知っているだろう？　特にファンたちは、俺が所属していたパーティーや交流のある冒険者たちに噂を流すように仕向けているみたいなんだ」

不意にスイセンは空を見上げて、寂しげな顔をして呟く。

「きっとこの町で俺を孤立させて、その姿を見て気を晴らしているんだと俺は考えているよ。だから育て屋のロゼに協力してもらっていることも、ファンたちは気に食わなかったんだと思う」

「……で、『スイセン・プライドから手を引け』ってことか。かなり深く恨まれちゃったみたいだな」

まあ悪評を流しているという話からも、かなり大きな憎しみだというのは悟れる。

とりあえずは、僕のおおよその予想通りみたいだな。

「少し前にシオン氏から声を掛けられたことがあって、ファンたちの行き過ぎた行動について謝罪を受けたことがあるんだ。しかもそれをやめるように説得するとも言っていたんだけど……」

「噂が収まるどころか、とことんスイセンの邪魔をしようとしてくるなんてな」

もはやファンたちはシオンが宥めることもできないくらい暴走しているらしい。

にしても、自分が崇拝している人物がフラれたからって、そのフった相手をここまで恨むものだろうか？

「俺もまさか、ロゼにまで手を出し始めるなんて思ってもみなかった。これまで他の人に手を出すような真似はされたことがなかったから。本当にすまない」

「いいって別に。怪我人が出たわけでもないし、昨日はコスモスのおかげで何事もなく済んだからな」

それに襲われたのが僕たちで、まだよかったと言えるだろう。

もし奴らがスイセンに直接手を出し始めてしまったら、それこそ取り返しのつかない事態になる。

ていうか、真っ先にそっちが思いついても不思議じゃないんだけど……

「……もう、こうなってしまった以上は、ロゼに協力してもらうわけにはいかないな」

「えっ、なんで？」

「俺と一緒にいるところを見られたら、次にまたどんなことをされるかわからないからさ。今回は大事にならずに済んだみたいだけど、今度もまた退けることができるとは思えない」

まあ、確かに昨日はコスモスがいたから、たまたまなんとかなったけど。

もし僕が一人でいる時にあの人数に襲われたら、どうなるかはわからないな。

「だからきっと、アリウム氏への告白も、やめておいた方がいいかもしれないな」

「……」

「俺だけが嫌がらせを受けるならまだいいさ。でもロゼたちが襲われたことを考えると、アリウム氏にも手を出してきたって不思議じゃないだろ」

奴らの目的が、スイセンを孤立させることにあるのだとしたら、アリウムさんにも何らかの形で接触してくる可能性はある。

もし告白が成功したとなれば、それこそスイセンの思い通りになっているのが腹立たしくて、奴らはアリウムさんを傷付ける危険だってあるのだ。

だから告白はやめておこう、とスイセンは言っている。

しかしスイセンは歯を食いしばって、静かに拳を握りしめていた。

「スイセンは、本当にそれでいいのか？」

「……仕方がないじゃないか。これ以上、他の人たちに迷惑は掛けられないだろ。俺のせいでまた色んな人たちが襲われることになるなんて、そんなの償いようがない」

今回僕が襲われたことが、相当こたえたみたいだ。

いつも気取った様子で、自信過剰な態度ばかりを示してきたスイセンだが、根は優しい奴なのだろう。

「すまないけど、今回の依頼はなかったことに……」

悔しそうにそう言いかけたスイセンの声を、僕は不意に遮った。

「なら、その分強くなればいいんじゃないかな」

「えっ？」

「シオンのファンたちを追い返せるくらい強くなればいい。アリウムさんのことを守ってあげられるくらい強くなればいい。そうすれば向こうだって下手に手出しして来ることはなくなるだろ」

スイセンは碧眼を見開いて、驚いた表情で僕を見る。

「守れるくらい、強く……？」

「アリウムさんを守れるくらい強くなってから告白すれば、彼女に迷惑を掛ける可能性は低くなる。外野のせいで自分の気持ちに蓋をするなんて、あまりにももったいないないだろ」

「そ、それは確かに、そうかもしれないが……」

スイセンは戸惑うように言い淀んでいた。

そこまで強くなれる自分が想像できないのだろう。

アリウムさんのことを超えるどころか、守れるくらい強くなるなんて、スイセンにとっては現実感のない話なのかもしれない。

「もちろんそれを決めるのはスイセンだから、無理強いはしないよ。このままアリウムさんのことを諦めるっていうなら、依頼の話も聞かなかったことにする。ただ僕は、スイセンが強くなりたいって思うなら、全力で手を貸すって約束するよ」

「な、なんでそこまでしてロゼは、俺に協力してくれるんだ？」

スイセンはいつもの調子をすっかり崩して、まるで〝別人〟のように険しい表情を浮かべる。

「天職が無くて強くなる方法もわからない。迷惑だって掛けたし、また危ない目に遭わせてしまうかもしれない。それなのにどうしてロゼは、〝こんな俺〟に手を貸してくれるんだ？」

なんだか最近聞いたばかりの問いかけだと人知れず思う。

天職が無くて強くなる方法がわからない。また危ない奴らに襲われることだって、確かにあるかもしれないけれど。

それでも僕は……

「育て屋だからだよ。スイセンが『強くしてほしい』って依頼をしてきたから、僕はただそれに応えるだけだ」

「……」

育て屋として、一度引き受けた依頼を完遂したいという気持ちはある。

けれどそれ以上に、スイセンの純情な想いを叶えてやりたいと僕は思っているのだ。

「だからさ、〝悩み〟について教えてよ。本当は昨日、抱えてる悩みがあったのに僕たちに隠しただろ？　もしかしたらそれが、スイセンの天職を覚醒させる鍵になってるかもしれないからさ」

天職が目覚めれば、今よりも確実に強くなれる。

それこそアリウムさんを守れるくらい急成長できるかもしれない。

しかしスイセンは複雑そうな顔をして目を逸らしてしまった。

言いづらいことだとは思う。

神様が天職を定められないほど大きな悩みだし、改めてそれを他言するのは相当な覚悟と勇気が必要になるはずだ。

それでもスイセンは……

「お、俺は……」

勇気を振り絞るように声を震わせながら……

想い人であるアリウムさんと結ばれるために……

自分の手で邪魔者たちを追い払えるようになるために……

強くなることを、選んでくれた。


「俺は…………自分に〝自信〟がないんだ！」


「……じ、自信が、ない？」

耳を疑う言葉が人気《ひとけ》のない小道に響き渡る。

僕は聞き間違いかと思って、つい聞き返してしまったほどだ。

よもや〝あのスイセン〟の口から、そんな言葉が出てくるなんて。

「……な、何かの冗談、とかじゃないよね？」

「冗談なんかじゃない。俺は本当に、自分に自信がないんだよ。自信がないというか、こんな自分が〝嫌い〟ですらある」

はっきりと、自分のことが嫌いだと言った。

あの自己愛に満ち溢れたスイセン・プライドが。

次いで信じられないことに、人が変わったようにぶつぶつと不満をこぼす。

「俺なんて天職がなくてどこのパーティーでもお荷物だったし、取り柄も何もない役立たずな男だ。女性と付き合ったこともないのに女性冒険者を食いものにしている女たらしとまで呼ばれている始末だし、俺は冒険者ではなく他人から嫌われる素質を持ったクズ男なんだよ……」

「……」

これが本当に、あのスイセンなのだろうか……？

あれだけ自らを誇示していたのに。

「い、いつも自信満々な態度で、自分のことが大好きなのがスイセンだっただろ？　それなのに自信がないなんて……」

「あんなの、ただの演技に決まっているじゃないか。『俺は美しい』のだと自分に言い聞かせて、安心していただけに過ぎないんだよ」

「じゃ、じゃあ、しょっちゅう鏡とかで自分の顔に見惚れてたのは？」

「自分の容姿に自信がないから、常に顔とか髪型が気になって仕方がないんだよ」

「気取った感じで花とか買ってたのは？」

「少しでも周りからよく見てもらおうと思って、かっこつけてみただけだ。特に意味なんてないよ」

「えぇ……」

僕の頭にあったスイセンのイメージが、音を立てて崩れていってしまう。

これまでの行動すべてが、自信の無さから来ていたものだったなんて。

しかし言われてみると、納得できるような気もする。

事あるごとに髪型を気にしたり、化粧を確かめている人たちは、自信がなくて不安だからそういう行動を多発させていると聞いたことがある。

特に好きな人ができると尚更そういう行動が増えるらしい。

「というか、なぜ俺が花屋で花を買ったことをロゼが知っているんだい？　あの時あの場所には、俺しかいなかったはずだけど……」

「あっ、それは……」

僕は昨日の尾行について明かすことにした。

スイセンの悩みを知るために、こっそりと行動を監視していたと伝えると、彼は微かに頬を緩めた。

「君もなかなか大胆なことをするね」

「ご、ごめん。何も言わずに後をつけるようなことをして……」

「別に謝ることじゃないさ。俺の悩みを知るためにやってくれたことなんだろう？　というかむしろ、そんなことのために君たちの貴重な時間を使わせてしまった方が申し訳ない」

再びスイセンはマイナスな発言をして空気を澱ませる。

本当に人が変わっちゃったみたいにネガティブな発言が多いなぁ。

「もしかして、アリウムさんに自分から声を掛けに行かなかったのも、まともに話せる自信がなかったからか？」

「うん、そうだよ。シオン氏のファンたちに好意を悟られたくないという理由もあったけどね」

まさかここまで重度の心配性だったとは思ってもみなかった。

もしかして毎度、待ち合わせ場所に先に来ていたり、初めて会った時に育て屋の前で数時間も待っていたのは、その心配性のせいだったりするのだろうか？

何はともあれ、これがスイセンの天職の覚醒を妨げている悩みなのは間違いなさそう。

これを解消してあげれば、英雄ダンデライオンのように天職が覚醒するに違いない。

「自分に自信がない、ってことは、自信を付けさせてあげればいいわけだろ……」

でも、その方法はすぐには浮かんでこない。

ていうか、これはいわばスイセンの〝心の問題〟なので、僕が介入できる余地は一切ないんじゃないか？

「ははっ、やっぱり無理だよな。こんな俺を強くするなんて。天職もなければ根性も取り柄もない、そのくせ人望だって皆無な『股狙いのスイセン』だもんな……」

「そ、その不憫なあだ名はもう忘れなよ」

ともあれ僕は、ひたすらに頭を回して考える。

しかしやはり、そんなものちょっと考えただけで出てくるはずもなかった。

これほど自信のない人間にいきなり自信を付けさせようとしても無駄だろう。

……となれば、現状でスイセンを強くしてあげられる方法なんて、たった一つに限られてくるじゃないか。

「……確かに、スイセンの悩みを解決するのは難しいと思うよ。今すぐに克服できるようなものでもないと思う」

「それはもちろん自分でもわかっているさ。自分のこの自信のなさが、すぐに治せるようなものじゃないってことくらいね」

「うん。だからさ、ここはひとまず天職を覚醒させるのは置いておくことにしないか？」

「えっ？」

唐突な提案に、スイセンはぽかんと口を開ける。

直後、動揺して顔を引き攣らせながら、僕に問い返してきた。

「そ、それはつまり、強くなるのを諦めろってことかい？」

「いいや、そうじゃないよ。天職の覚醒をひとまず置いておくってだけの話だ。たとえ天職が覚醒しなくても、強くなる方法は他にもあるからさ」

「他にも？」

不思議そうに首を傾げるスイセンに、僕は袖を捲って二の腕を見せながら言った。

「差し当たっては、素の〝身体能力〟を向上させて、強くなることを目指してみようよ」

「素の身体能力？　体を鍛える、ということか？」

「そっ。筋肉強化訓練に武術指南、それと魔獣討伐で実戦経験も積んで体を鍛え上げるんだ。現状、目覚めるかどうかもわからない天職に賭けるよりも、この方法なら確実に地力を付けられるだろ」

「そ、それはそうかもしれないが……」

スイセンは碧眼を泳がせて困惑している。

それも当然で、今さら身体能力を強化したところで大して成長できるはずないからだ。

しかし何もしないよりかは遥かにマシなはず。

「どこかで聞いた話だと、天職の恩恵そのものは貧弱だったある冒険者が、地力の強さだけで一級までのし上がったことだってあるらしいし。それに体を鍛えれば、自然と自信も身に付くものだって筋肉愛好家たちも言ってるくらいだからさ」

「た、確かにそういう話は聞いたことがあるけどね。筋肉と自信は伴って身に付くものだって。でもそっか、筋肉か……」

スイセンは呟きながら顎に手を添えて、しばし無言で考え事に浸る。

次いで自分の体を見下ろすと、二の腕やお腹などを摘みながら、吹き出すような笑いを漏らした。

「ロゼはやっぱり面白い奴だね。まさかこんな原始的な方法を提案してくるなんて」

「しょ、しょうがないだろ。今はそれしか方法がないんだからさ」

スイセンは可笑しそうに笑っていたが、最後には僕のその提案に賛成してくれた。

地力を付けつつ、天職の覚醒も見込める奇策。

おかしな作戦ではあるが、その日から僕はスイセンの特訓に付き合うことにした。

期間は二週間だけの約束で、筋力強化や魔獣討伐、武術指南も行っていく。

僕も育て屋の別の仕事が入ったりもするので、その合間を縫うようにスイセンの特訓を見ることにした。

すべては、アリウムさんに告白するために。

それから、早くも二週間が経過した。

スイセンは短期間にしては目覚ましい成長を見せて、体格などにも変化が出てきた。

武術の飲み込みも早く、魔獣討伐での実戦経験も着実に積み重ねていって、スイセンは格段に成長することができたのだが……


【天職】

【レベル】

【スキル】

【魔法】

【恩恵】


結局、スイセンに天職が目覚めることはなかった。

◇

「本当に、もういいのか？」

「あぁ、二週間だけの約束だったからね」

約束の期間が過ぎて、最後の特訓の日。

夜遅くまで東区の公園で武術訓練をすると、その日の修行を終えて僕たちは解散することにした。

初めてスイセンと出会った、育て屋の玄関前にて、僕たちは改まった様子で向き合う。

「僕は別に、もっと特訓に付き合ってもいいって思ってるけど……」

「それは俺の方が申し訳が立たなくなるから遠慮させてもらうよ。これ以上、育て屋ロゼの貴重な時間を、〝こんな俺〟が奪ってしまうのは忍びないんだ」

スイセンは申し訳なさそうに目を伏せる。

この二週間で、地力は確実に身に付いた。

しかし、スイセンの自信は依然として芽生えることはなかった。

同じく、天職の産声も、聞こえてくる気配はまったくない。

「元から、可能性の低い賭けだったことに違いはないんだ。それにまたいつシオン氏のファンたちが襲って来るかもわからないからね」

そんなのは百も承知でスイセンの手助けをしているのだが、彼にとっては心苦しいことだったようだ。

「それに、君に見てもらったこの二週間、天職が覚醒することはなかったが、何よりとても楽しかったんだ」

「楽しかった……？」

「今まで友人と呼べるような人物もいたことがなかったから、誰かとこうして目的に向かってひた走るのは初めての経験だったんだよ。こんな貴重な体験までさせてもらえて、俺は本当に満足している」

そう言われてしまっては、こちらからは何も返す言葉が見つからなかった。

依頼人のスイセンが満足したと言う以上、僕はそれに従うしかない。

「なーに！　別にこれでアリウム氏への想いが完全に途絶えたわけではないよ！　俺はこれからも鍛錬を積み重ねていって、いつか自分の力だけでアリウム氏を超えてみせる。その時こそ、この純情な想いを告げてアリウム氏と結ばれることになるんだ」

なんだか久しく聞いていなかった気がする、スイセンの自信に溢れた台詞。

僕は思わず笑みをこぼして頷いた。

「……やっぱスイセンはそうじゃなきゃね。いつも自信満々な感じで、胸張って堂々としてる方が似合ってるよ」

「似合っている？　〝かっこよくて美しい〟、と言い間違えていないかい？」

僕とスイセンは目を合わせて、吹き出すように一緒に笑い声を漏らした。

ひとしきり二人して笑うと、やがてスイセンは懐から財布を取り出す。

「ところで、そっちこそいいのかい？　本当に報酬を受け取らなくても」

「僕の育て屋の料金設定は、『レベルを一つ上げる度に３００フローラ』だからね。報酬金を受け取れる道理はないよ」

「でも、君にはレベルを上げること以上に、尽くしてもらったように感じている。だから気持ちとして報酬を受け取ってほしいのだが……」

「いいって別に。ただでさえ駆け出し冒険者は実入りが少ないし、それは自分のために使ってくれ」

そう言うと、スイセンは躊躇いつつも財布を収めてくれた。

次いで彼は改まった様子で頭を下げてくる。

「本当にありがとう、ロゼ。俺の特訓にここまで付き合ってくれて。ロゼに相談して、本当によかったって思っている」

「こっちこそ、力になってやれなくてごめんな。他にも困ったこととかあったら、いつでも相談に乗るから、また育て屋に来てほしい」

「あぁ、またいずれね」

そう言ってスイセンは、僕に背中を向けた。

そのまま通りの奥まで歩いて行き、彼は別れの手を振りながら住宅区の角に姿を消す。

複雑な思いでそれを見送った僕は、しばし玄関前で立ち尽くして夜空を見上げた。

「…………僕でも、強くしてあげられない人がいるんだな」

種に水は与えた。でもそこから芽が出てくることはついぞなかった。

僕は悔しさを噛みしめるように、人知れず歯を食いしばる。

これが育て屋として、初めての〝挫折〟となったのだった。

第八章　心の扉

スイセンはロゼに対して罪悪感を募らせる。
あそこまで献身的に尽くしてくれたのに、まったく成果を残すことができなかった。
あの優しい気持ちに応えられなかったのがひどく悔しくて、ぐっと唇を噛み締める。
「……っ！」
実際、育て屋ロゼは冒険者育成の達人だった。
豊富な知識、育成に適した能力、何より困っている人に手を差し伸べる思いやり。
あれほどの人物に見てもらったのに成長できなかったのは、確実に自分のせいである。
せめてこれが原因で、ロゼが自信を喪失していないといいなと願うばかりだ。
「……いいや、俺じゃあるまいしな」
そう思いながら町の通りを歩いていると、西区のギルド前に辿り着いた。
スイセンは、育て屋を立ち去ったその足でギルドに向かっていた。
特に深い理由はない。
ただ、なんとなくそうしたいと思っただけだ。
今はただ、想い人であるアリウムの顔を見たいと、そう思っただけ。

夜間で人気《ひとけ》もあまりなく、いつもより見通しのいいギルドをしばらく歩き回って視線を泳がせる。

「……何をしているんだろうな、俺は」

いや、もしかしたら自分は、これできっぱり〝諦めよう〟としているのかもしれない。

彼女を見納めて、アリウムへの告白を諦めようとしているのだ。

ロゼには、いつか自分の力でアリウムを超えると宣言したが、正直そんな自信はない。

二週間以上も彼に面倒を見てもらったのに、何も変えられなかったのだから。

「スイセン・プライドではないか」

「――っ⁉」

突如後ろから女性の声が聞こえて、スイセンはハッと振り返る。

するとそこには、受付業務の格好をした、見慣れた青髪の女性が立っていた。

凛とした顔立ちに真っ直ぐとした瞳。自分とは正反対に自信に溢れた雰囲気。

「しばらくギルドで顔を見ていなかったが、最近の調子はどうかな？」

「ア、アリウム氏……」

片恋相手のアリウム・グロークが、突然目の前に現れた。

彼女のことを見に来ただけで、話まではしようとは思っていなかった。

顔が熱い。動悸がする。自然と気持ちが高揚してくる。

何か話さなければと思って焦るあまり、スイセンは逆に何も返すことができなかった。

「冒険者を辞めたわけではないみたいで、とても安心したよ」

「えっ？」

「ひと月ほど前、またパーティーを追い出されてしまったと聞いてな。君の悪評もますます広まってしまっているし、もしかしたらそのせいで冒険者を辞めてしまったのではないかと思っていたんだよ。だからこうしてギルドに来てくれて安心した」

「……」

確かに最近は修行ばかりをしていたので、ギルドに顔出しはできていなかった。

だからといってアリウムから心配の言葉を掛けてもらえるとは思ってもみなかった。

自分なんて底辺冒険者のただの一人で、まるで認知されていないと思っていたから。

（……な、何を考えているんだ、俺は）

今一度少しの脈を感じてしまったせいで、逆に辛くなってきてしまった。

そうだ、自分はもう〝諦める〟と決めたじゃないか。

強くなれる希望は残されていないから、アリウムへの気持ちを完全に閉じ込めると。

「少し逞しくなったか？　前よりも随分と体が鍛え上がっているように見えるぞ。やはり駆け出し冒険者が少しずつ成長していく様子は、いつ見ても気持ちがいいものだな。この先がとても楽しみだ」

……やめてくれ。

そんなに親しげに話しかけて来ないでくれ。

少しの変化に気付いてもらって嬉しいとか、そんなことを思ってしまうから。

「どうして、こんな俺に優しくしてくれるんですか？」

「んっ？」

「一人でいる時に声を掛けてくれたり、俺のために依頼を見繕ってくれたり、どうして俺に親切にしてくれるんですか？」

今度こそ諦める決意を抱くために、スイセンは片恋相手の前で情けない質問をする。

ギルドでふしだらな噂が流れて、それは受付嬢の間でも話題になっている。

まさにギルドの厄介者であるこんな自分なんかに、なぜここまで優しくしてくれるのだろうか。

それが仕事だからと言ってくれれば、諦めもつくのだが、思いがけない答えが彼女から返ってきた。

「君が、私の〝弟〟に、少しだけ似ているからかな」

「弟……？」

「十年ほど前に、一緒に〝冒険者〟として活動していた弟が〝いたんだ〟。駆け出しの頃に無茶をして命を落としてしまってね、今はもう会うことができないが」

少し寂しげな顔をして話すアリウムを見て、申し訳ない気持ちが湧いてくる。

そんなことを聞くつもりではなかったから。

「そんな弟のことがあってから、私はすぐに冒険者からギルドの受付係に転職したんだ。弟のように無茶をする駆け出したちを見ていられなくなってな、ギルドの受付係になってそんな冒険者たちを一番近くで見守りたいと思うようになった」

アリウムはスイセンを見据えながら、亡き弟を思うように遠い目をした。

「本当は臆病なのに、妙に〝見栄を張るところ〟などがあってな。そんなところが君と似ていると思ったんだ。皆の前では自信過剰に振る舞っているが、一人でいる時には寂しげな顔をよくしているだろう」

「き、気付いていたんですか……？」

「君に似た弟をいつも近くで見ていたんだ。君の〝仮面〟くらいとうにお見通しだよ」

アリウムは少し得意げな顔をして微笑む。

得とか損とか、アリウムはそんな風に考えて親切にしてくれていたわけではない。

スイセン・プライドが自分に自信がない男だということを見抜いていて、見栄っ張りだった弟を案じるように気遣ってくれていたのだ。

だからこそ余計に大きな壁を感じてしまう。

アリウムから見て自分は、まだ対等ではなく見守るべき存在なのだ。

「そうだ。今から少し受付に寄っていかないか？　また何か依頼を見繕うよ。体も鍛えてきたみたいだからな、少しくらいは難しい依頼を用意しても大丈夫だろう」

続くアリウムからの優しい申し出に、スイセンは密かに心を痛める。

「……もう、いいですよ。俺のことは放っておいてください」

「スイセン・プライド……？」

「俺はもう、強くなることができないんです。この先どれだけ努力をしても、天職がない以上は大した成長だってできない。才能がないのは、もう充分にわかりましたから」

改めて、育て屋ロゼとの修行の日々を思い出して、スイセンは罪悪感に駆られる。

元々スイセンは、田舎村でいじめを受けていた臆病な少年だ。

見た目に華やかさや色気があり、いい意味でも悪い意味でも注目を浴びる存在だった。

加えて自己肯定感の希薄さや天職がないということから、よく周りからは揶揄《からか》われたり悪戯をされたりした。

スイセンはそんな自分を変えるために、両親の反対を押し切って冒険者になった。

冒険者として功績を残すことで、自分に自信を持てるようになると思ったから。

『あんた、パーティー壊しのスイセンだろ？　悪いが他を当たってくれ』

『そもそも天職もねえ野郎がうちのパーティーに入れるはずねえだろうが』

しかし冒険者として花開くことはついぞなく、挙げ句の果てにはギルド内で厄介者扱いをされて、友の尽力さえも無駄にしてしまった。

だからこんな才能無しの自分はもう放っておいてほしい。

そういう思いでアリウムの提案を拒もうとすると、彼女から思いがけない言葉を掛けられた。

「私は君に才能を感じているよ」

「――っ⁉」

「強さというのは、何も魔獣を討伐する力だけを指しているわけではない。真の強さというのは、強さを追求し続ける〝根性〟のことだと私は思っている」

根性……？

アリウムはこちらの瞳を真っ直ぐに見つめて、温かい笑みを向けてくる。

「君はもう強くなれないと自分で言ってはいるが、その実内心ではまだ強くなることを諦めていないだろう？　目を見ればわかるよ。君は根性に溢れた真の強者だ」

そう言われて、思わず心臓がドクッと波打つ。

強くなることを諦めていない。言葉ではいくらでも取り繕えるが、根っこの本心は隠し切れていないようだった。

「私は強い人間が好きだ。そう公言したせいか、好意を持って近づいて来る者たちは〝力〟としての〝強さ〟ばかりをひけらかしてきてな。だから決闘をして負かしてやって、その者たちの根性を確かめてみることにしたんだ」

「決闘……？　アリウム氏が冒険者と決闘をしていたのは、それが理由だったんですか」

「あぁ。しかし敗北していった冒険者の中に、再び戦いを挑んできた者はついぞいなかった。私が言っている強い人間とは、一度敗れて心折れてしまうような軟弱者ではなく、自分の弱さを受け入れて、それでもなお強くなろうとする諦めの悪い奴のことだ」

自分の弱さを受け入れて、それでも強くなろうとする諦めの悪い奴。

それはまるで、天職が無くてもがむしゃらにもがいて、自分には才能があると言い聞かせていた……

「だから私は、人として君のことを好いているよ。同時に才能も感じている。君は、まだまだ強くなれる」

「……」

「そしてそのことを、自分自身が一番よくわかっているはずだ。時に君の悪評を風聴したり、それを鵜呑みにする冒険者たちも出てくるとは思うが、どうかこのまま冒険者を続けて強くなっていってほしい。君は冒険者として……とても貴重な存在だ」

……あぁ、やっぱりだ。

やっぱり自分は、この人が好きだ。

諦めるつもりでここに来たけれど、改めて話して気持ちに嘘を吐けないとわかった。

この人に、今、好きだという想いだけでも伝えたい。

成功するかしないかに拘らず、今は猛火のようなこの感情をただこの人にぶつけたい。

「ア、アリウム氏……！」

「んっ、どうかしたか？」

「あ、あの、その……」

しかしスイセンは、直後に口を閉ざして黙り込んでしまう。

やっぱりダメだ。この気持ちを伝えてはいけない。

ここで好意を伝えてしまったら、例のシオン・ナーバスのファンたちにアリウムへの気持ちを悟られてしまうじゃないか。

そうなればきっと、ロゼとコスモスが襲われたように、アリウムも危険な目に遭わせてしまう。

「どこか具合でも悪いのか？　なんだったら、ギルドの医務室まで一緒に……」

「す、すまないアリウム氏！」

スイセンは気持ちを押し殺して、ギルドから飛び出して行ってしまった。

アリウムのことは好きだ。でもこの気持ちを伝えることは許されない。

そして、そんな状況を作り上げてしまった自分が、憎くて情けなくて仕方がない。

(……諦めよう)

もう、あのギルドに行くのもやめることにしよう。

せっかくアリウムにも励ましてもらったけれど、これ以上あそこにいたら気持ちを抑えられなくなってしまう。

だからきっとこれが正しい選択なんだ。

我知らず通りを駆け抜けて、その勢いのまま小道の方に曲がって行くと……

「きゃっ!」

ちょうどその時、小柄な女性が角から出て来て、危うくぶつかりかけてしまった。

間一髪でそれを避けたスイセンは、我に返ったようにその女性に謝罪する。

「す、すまない。驚かしてしまって。どこか怪我は……」

言いかけて、スイセンは唐突に言葉を失う。

なぜなら、そこにいた女性は……

「スイセン、様……?」

紫色の巻き髪とお淑やかな見た目が特徴的な、シオン・ナーバスだったからだ。

◇

「申し訳ございません、あまり立派なものはお出しできずに」

意気消沈していたスイセンは、突如現れたシオンの誘いで彼女の宿部屋に来ていた。

驚かしてしまったお詫びをしたらすぐに帰ろうと思っていたのだが、お茶まで用意されて帰るに帰れなくなる。

やむを得ずお茶を頂戴しながら、スイセンは先ほどのことについて謝罪をした。

「先ほどは驚かしてしまって申し訳なかった。まさかシオン氏があの場を通りかかるなんて……」

「いいえ、こちらこそ申し訳ございません。わたくしのせいで、これまでスイセン様に多大なご迷惑をおかけして……」

「迷惑？」

「わたくしの知人の数人が、スイセン様の悪い噂を流しているのに、それを食い止めることができていなくて」

「あぁ、そのことか」

逆に謝罪を受けて困惑したが、シオンはファンたちの行き過ぎた行動について申し訳なく思っているようだ。

彼女も働きかけてくれていると知っているので、スイセンは特に咎めたりしない。

「改めてこのことを謝罪したいと思いまして、部屋にお招きさせていただきました。しかし、どうお詫びをしたらよろしいか……」

「いいさ別に。これはシオン氏が悪いわけではないからね。気にしないでほしい」

これについては仕方がないことだと割り切っている。

「しかしわたくしのせいで、現在スイセン様はギルド内で不当な扱いを受けていると聞いております わ。わたくしが想いを告げていなければ、こんなことにはなっておりませんでした。ですからどうか、 償いの機会をいただけませんか？」

「償い？」

「スイセン様は今、どこのパーティーにも属しておりませんよね？　ですからわたくしがスイセン様 のことを、これからずっとお支えします。現在所属しているパーティーも抜けて、スイセン様と二人 だけで活動をさせていただけないでしょうか？」

「ふ、二人だけで、活動を……」

どのパーティーにも入れてもらえない自分は、確かに仲間がいなくて苦労している。

「しかし、君にそこまでしてもらうわけには……」

「いいえ、よろしいのです。それだけの償いをしなければ、わたくしの気が収まりませんから。どう かこのシオン・ナーバスとパーティーを組んでくださいませ」

おそらくもう二度とないだろう、パーティー結成の誘い。

それを惜しいと思わないわけもなく、スイセンは深く葛藤した。

これを断ってしまったら、おそらくこの先一生、自分は一人ぼっちで……

「――っ⁉」

そんな躊躇いと戦っていると、不意にシオンがこちらの腕に抱きついて来た。

柔らかく、温かい感触が腕に走る。

「シ、シオン氏……？」

「そ、それに、わたくしは……まだスイセン様のことをお慕い申しておりますから！」

思いがけない二度目の〝告白〟。

動揺しないわけがなかった。

体をぴたりと合わせて、シオンの熱を間近に感じていることもあり、スイセンは頭の中が真っ白になる。

「知人たちには、すでに心残りはないと言っていますが、わたくしはずっとスイセン様のことをお慕いし続けておりました。ですから、スイセン様とお二人でパーティーを組むことは、決して苦などではございませんわ」

体を近づけてくる。控えめに袖を握ってくる。

シオンは紫色の巻き髪を揺らしながら、同色の瞳を僅かに潤ませて、おもむろにこちらを見上げてきた。

「今一度、わたくしとのことを考えてくださいませんか？」

「……」

一度想いを拒んだというのに、まだ自分のことを一途に想ってくれている。

なんとも贅沢な話で、スイセンにとってそれは、暗闇に染まっていた視界に一筋の光が差したような感覚だった。

そしてシオンの赤らんだ顔に、ゆっくりと自分の顔を近づけていく。

お互いの熱を間近に感じながら、瞳を潤ませるシオンと、静かに唇を重ね……

『だから私は、人として君のことを好いているよ』

しかし、寸前でスイセンは踏みとどまった。

シオンの体をゆっくりと遠ざけて、深く頭を下げる。

「す、すまない。俺には、他に好きな人がいるんだ」

「えっ……」

シオンの呆気に取られた空気が伝わってくる。

シオン・ナーバスはとても素敵な人物だ。

こんなだらしない自分のことをこんなにも想ってくれているのだから。

しかしやはり、自分はアリウムのことが好きだ。

初めて人を好きになるという気持ちを教えてくれた人。

ギルドで腫れ物扱いをされている中、最初に手を差し伸べてくれた最高の恩人。

たとえ脈がないからって、その相手を諦めて別の女性に逃げるなんて真似は、絶対にしたくない。

「……それは、いったいどなたなのでしょうか？」

シオンの悲しげな呟きを聞いて、スイセンは申し訳ない気持ちで答えた。

「アリウム・グローク氏という、ギルドの受付をしている女性だよ。俺のことを助けてくれた恩人で、初めて好きという感情を教えてくれた大切な人なんだ」

スイセンは脳裏に想い人の姿を思い浮かべながら、申し訳ない気持ちで語る。

そしてひたすらに頭を下げ続けていると、やがてシオンの白魚のような両手が両の頬に当てられた。

「顔を上げてください、スイセン様」

「シオン氏……」

「その方のことを、ずっと想っていらっしゃるのですね。だからわたくしの想いに応えることはできないと」

「……あぁ、本当にすまない」

「いいえ、諦め悪く想いを告げてしまったわたくしが悪いんですのよ」

シオンは悲しげな顔をしながらも、真っ直ぐな瞳でこちらを見た。

「二度もフラれてしまいましたけど、スイセン様に恋心を抱けたことをわたくしは後悔しておりませんわ。ですからスイセン様も、その気持ちに正直になってくださいませ」

「シオン、氏……」

「わたくしはスイセン様のことを応援いたしますわ。今のわたくしにできることはそれだけですから」

瞳の端に僅かに涙を滲ませながらも、シオンは決意を抱くように表情を引き締めた。

「スイセン様を快く思っていない知人たちには、今一度注意を促しておきます。ですので思うままに気持ちをぶつけて来てくださいませ。そしてどうか、スイセン様は恋を成就させて、その方と結ばれてくださいませ」

「……」

「わたくしをフっておいて別の方にフラれるなんて、そんなの絶対に許しませんからね」

シオンは白い細指で涙を拭い、頬に笑みを浮かべた。

そんなシオンに背中を押されたことで、スイセンは今一度熱い気持ちを取り戻す。

「……ありがとう、シオン氏。この気持ちを閉じ込めておくのは、確かにもったいない気がするな。だから改めて、自分のこの気持ちに正直になってみることにするよ」

「はい、それでこそスイセン様ですわ」

当たって砕けろ、なんて柄ではない。

砕けない心で何度も当たり続けるのがスイセン・プライドなのだ。

ロゼに手を貸してもらった、シオンに背中を押してもらった。

もう何も、怖いものなんてありはしない。

「さっそくギルドに行って来るよ。そしてこの気持ちを正面からぶつけてみせる。必ずアリウム氏と結ばれて、シオン氏にも良い報告ができるように頑張るから」

「はい、スイセン様の想いが叶うよう、陰ながらお祈り申し上げます」

覚悟を決めたスイセンは、表情を引き締めてギルドに向かうことにした。

シオンの想いを無駄にしないためにも、必ず告白を成功させてみせる。

そんな決意を胸に、スイセンは扉に手を掛けて、勇気ある一歩を踏み出そうとした。

刹那――

「……ところで、スイセン様」

「んっ、何かな？」

バチッ!!!

背中で、何かが炸裂したような〝激痛〟を感じた。

「が……あっ……！」

スイセンは力なく地面に倒れ込む。

意識が朦朧とする中、なんとか首だけを動かして後ろを見上げると……

「シ、オン氏……⁉　な、にをっ……⁉」

〝紫色の雷〟を片手に宿している、シオン・ナーバスの姿があった。

シオンは、静かにこちらを見下ろしながら……不敵に笑っていた。

スイセンに問いかける余裕はなく、次第に意識が遠のいていき、シオンの不気味な姿を最後に彼は瞼を閉じた。

◇

『こいつ天職持ってないんだってよ！』

『それ、神様から見捨てられてるってことじゃん！』

『お前、何か悪いことでも考えてるんだろ！』

思えば幼い頃から、ずっと一人ぼっちだった。

天職がないことをよく揶揄われたり、自信がないせいで意地悪の対象にされたり。

だから、友人と呼べるような人物がいた覚えもなく、それも自信の無さに拍車を掛ける要因になっているような気がする。

両親はそんな自分に対して、天職がない体に産んでしまったことをとても申し訳なさそうにしていたが、自分が本当に欲しいと思っていたのは天職ではなく……

そんな昔の夢を見ていたスイセンは、やがてゆっくりと目を覚ました。

いまだに頭をぼんやりとさせながら、霞んだ瞳で辺りを見回す。

まず、自分は素朴な木製椅子に座らされていた。

後ろ手に手首を縛られており、足首も椅子の脚に縄で固定されている。

ほとんど身動きが取れない状態で、スイセンが捕らわれている場所は、見覚えのない木造りの建物の屋内だった。

「どこ、だ……ここは……？」

埃っぽくて薄暗い。光源は自分の真上に垂れ下がっている小さな灯り一つだけ。

そこら中に半壊した椅子や机などが散乱し、奥にはカウンターらしきものもある。

瓶や樽が転がっていることからも、おそらくここは……

「東区の隅にある廃業した酒場ですわ」

「……っ⁉」

どこからか聞き覚えのある声が聞こえて、スイセンはビクッと肩を揺らした。

おもむろにそちらに視線をやると、薄暗いところで椅子に腰掛けている人影が見える。

「今は空き家となっていて誰も来ませんから、声を上げても意味はありませんわよ」

「シ、シオン氏……！」

その人物の姿が明瞭になった瞬間、スイセンは遅れて宿部屋での出来事を思い出した。

後ろからシオンに不意を突かれたこと。そしてシオンのあの不敵な笑みのことを。

「こ、これはいったいどういうことなんだ……⁉　何が目的でこんなことを……！」

シオンの目的がまるでわからず、スイセンは手足を揺らしながら問いかけた。

「…………スイセン様が悪いんですのよ」

「えっ？」

「わたくしが、こんなにも想っているというのに、その気持ちに応えてくださらなかったのですから」

シオンの顔には、見るからに激しい憤りが滲んでいた。

告白を断ったことを怒っているのだろうか。

だからその仕返しのためにこんなことを……？

やがてシオンはお淑やかな印象を崩していくように、投げやりな声をこぼした。

「あーあ、せっかくわたくしがこんなにも手回しをして、とても美しいシナリオを作り上げたというのに、それもすべて台無しになってしまいましたわ」

「シナ、リオ……？」

「多くの女性を魅了する、魔性の美しさを持った冒険者スイセン・プライド。彼の美しさに陥落する女性は後を絶たず、告白を受けることはもはや日常茶飯事と化しておりました」

シオンは自らの胸に手を当てて、嘆き悲しむように目を伏せる。

「しかしある日を境に、ギルド内で彼のふしだらな噂が広まるようになります。それからというもの、彼は冒険者たちやその他大勢から激しく拒絶されるようになり、孤独な日々を送ることになってしまいました」

次いで彼女は不意にスイセンの頭上にある灯りに手を伸ばして、感動的な場面を演出した。

「そんな中、かつて想いを拒んだ一人の女性冒険者が、孤独に喘ぐ彼に手を差し伸べます」

「女性、冒険者……？」

「どれだけの悪評が流れていたとしても、女性冒険者はスイセン・プライドのことを愛し続け、その一途な想いに心を打たれた彼は今一度その女性の手を取ります。そして二人は契りを結び、末永く幸せに暮らしましたとさ。……めでたしめでたしですわ」

シオンのその話を聞いて、スイセンは言葉を失った。

女性冒険者、というのが目の前にいる〝シオン〟のことを指しているのはわかる。

かつて想いを拒み、それでも慕い続けてくれていて、つい先ほど再び一途な想いを告げてくれた。

自分が孤独に苦しんでいるまさにその時に、光を灯してくれるかのように手を差し伸べてくれたのだ。

でも、その口ぶりではまるで……

「ま……さか……！」

ぞくっと背筋が凍える。

スイセンは、これまで起きた数々の不幸を脳裏に思い浮かべる。

「シ、シオン氏のファンたちが、俺の悪評を執拗に風聴していたのも……」

シオン・ナーバスのファンに襲われた。

ロゼのその言葉も思い出す。

「ロゼとコスモス氏を夜道で襲って、俺に近づかせないように脅したのも……」

ギルドで味わった孤独感を、今一度噛み締める。

「すべては、俺をギルドで孤立させるために、シオン氏が仕組んでいたことだったのか……！」

嘘であってほしい。

そんな気持ちでスイセンは、頭の奥を激しく痛めながらシオンに問いかけた。

「あはははははっ!!!」

シオンは、唐突に大口を開いて、笑い声を響かせた。

不気味なその様子が何よりも、シオン・ナーバスが一連の事件の真犯人だということを、如実にあらわしていた。

「今さらお気付きになるなんて、やはりスイセン様は鈍感で可愛らしい方ですわね！」

シオンはすっかりとお淑やかな様子をどこかに置き去りにして、甲高い笑い声を上げ続けている。

「まさか本当にファンたちが暴走しているだけだと思っておりましたの⁉　彼ら彼女らはわたくしのファンなのですから、わたくしの言葉一つで意のままに操ることができるんですのよ」

「……そ、それじゃあ、ファンたちに対して、これ以上行き過ぎた真似をやめるように説得すると言っていたのは？」

「あははっ！　そんなことしているはずがないではありませんか！　むしろスイセン様を孤立させるために、ひとしおファンたちには猫撫で声を掛けて煽っておきましたわ！」

「……っ！」

胸中に悔しさと怒りが同時に湧き起こる。

これまで自分が味わってきた孤独感は、すべて目の前にいるシオンのせいだったのだ。

聞き飽きるほどに耳に入ってきた数々の陰口も、周りの人たちにまで迷惑を掛けてしまったことも。

全部、自分を孤立させて、あたかも自らを救世主のように仕立て上げるためのシオンの細工。

「だというのに……」

シオンは突然、人相を歪ませて、こちらが座っている椅子の肩を『ガッ！』と掴んできた。

「わたくしの気持ちに応えてくれないばかりか！　他の女性に心を奪われてしまって！　いったいどういうつもりなのですかッ⁉」

肩を激しく揺らされて、同時に『ガタガタガタッ！』と椅子が忙しなく音を立てる。

「なぜ、わたくしではないんですの……⁉　なぜ、たかがギルド職員の一人に心を奪われているのですかッ⁉」

完璧に練られた計画。

確かに自分も危うく、シオンの罠にまんまと引っかかってしまうところだった。

しかしシオンにとってのたった一つの誤算が、この計画の歯車を狂わせてくれた。

ギルド受付嬢アリウム・グロークの存在である。

「………………周りの目など気にするな」

「はいっ？」

「俺は、皆が思っている以上に自分に自信がない男なんだ。それは周りの目を気にするばかりの、俺の心の弱さが原因なんだよ」

アリウムに掛けてもらった言葉を思い出しながら、スイセンは感慨深く続ける。

「そこにアリウム氏がそんな言葉を掛けてくれた。俺はその言葉に、本当に心の底から救われたんだよ。今までの愚かだった自分に対して向けられたような、叱責にも聞こえる言葉だったから」

目が覚めるようなあの感覚を、今でも忘れない。

たった一人で苦しんでいる時に手を差し伸べてくれた恩人。

自分の弱さを一目で見抜き、これ以上ないとも思える慰めの言葉を掛けてくれた人。

「だから俺は、アリウム氏が好きなんだ」

改めてシオンの想いを拒むと、彼女は面食らったように目を見開いた。

ここは嘘でも、シオンに気があるフリでもしておく方が正解だったかもしれない。

しかし自分の気持ちに嘘は吐けず、正面からぶつかると、シオンが静かに笑い声を漏らし始めた。

「ふっ……ふふっ……わかりましたわ。スイセン様の想いがどれほど強いものなのか」

やがて彼女はこちらの顔を覗き込むように前屈みになる。

「では、〝証明〟してくださいませ。どのようなことがあっても、あなたのその想いが崩れることがないということを」

「しょう、めい……？」

言うや、シオンは右手を上に掲げて、突然『パチンッ！』と指を鳴らした。

瞬間、傍らでランプが灯る。

灯りの下には、木製の机を並べて作られただけの簡易的な台があり、その上には……

「ア、アリウム氏!?」

青い髪と整った顔立ちの女性が寝かされていた。

見紛うことなき、片恋相手であるアリウム・グローク。

自分と似たように手足を縛られた状態で、深い眠りについていた。

（な、なぜ、アリウム氏がここに……？）

一瞬、幻覚を疑ってしまうが、アリウムは体の所々に傷を作って痛ましい吐息を漏らしていた。

その痛みが目や耳を通して伝わって来て、彼女の姿が錯覚ではないと直感させられる。

「あの方を捕らえるのは相当苦労しましてよ。ですがわたくし、スイセン様のためを思って死力を尽くしてあの受付嬢を捕まえて参りましたの」

「な、なぜ、こんなことを……！」

いや、そもそもどんな手を使って彼女を捕らえて来たというのだろうか。

あのアリウムが簡単に負けてしまうとは思えない。

「召喚師アリウム。自らの魔力で魔獣を象り使役する能力を持っているらしいですわね。実力も一級冒険者に匹敵するとか。しかしさしもの強豪受付嬢も、圧倒的な〝数〟の暴力には為す術がありませんでしたわね」

「か、数？」

それを合図にするように、突然左側から『バンッ！』と音が鳴った。

そこにはどうやら扉があったようで、僅かに月明かりが差し込んで来る。

同時に〝複数人の男たち〟が扉から入って来た。

（誰なんだ、こいつら……？）

一人一人が逞しい体つきと武装をしていることから、おそらく冒険者だと思われる。

シオンのファンはどちらかと言えば女性の方が多い印象で、これほどの数の男性冒険者が取り巻きにいるとは思えないが……

「彼らは、あの受付嬢にフラれて逆恨みしている男性冒険者たちですわ。それを片っ端から集めてみましたの」

「なっ――⁉」

「それと当然、わたくしのファンたちにも協力してもらってあの受付嬢の捕獲を試みましたわ。さすがに多少の犠牲を払うことにはなりましたが、結果的にこうしてアリウム・グロークを捕らえることができたんですの」

アリウムにフラれた男性冒険者たち。

確かにかなりの数の冒険者たちが惨敗して、想いを諦めていったと聞いている。

だがよもや今夜だけで、十数人もの冒険者が集まるなんて……

「な、何を、するつもりなんだ……？」

妙な胸騒ぎを覚えながらシオンに尋ねると、彼女はこちらに顔を近づけてきた。

「所詮はスイセン様のその想いも、あの受付嬢の〝純潔〟があるからこそのものでしょう？　ですのでそれが散ったとなれば、スイセン様も目を覚ましてくださるはずです」

「……はっ？」

「そして、もっと素敵な人物が周りにいるとお気付きになるはず。あの受付嬢だけが世界のすべてではないということを……！　こんなにもスイセン様のことを想っている健気で一途な女性がいるということを……！」

何を、言っているんだ……？

スイセンが感じ取っていた不穏な空気は、現実となって絶望を与えてきた。

「ほ、本当に、俺たちの好きにしていいんだよな⁉」

「アリウムを捕まえて来たら、好きなだけ手ぇ出していいって……！」

「なっ――⁉」

「えぇどうぞ。思う存分に〝欲望〟の限りを、その受付嬢さんにぶつけてくださいませ」

男性冒険者たちの頬に生々しい笑みが浮かぶ。

そのおぞましい光景を前にして、スイセンは怖気《おぞけ》立ち、これから始まろうとしている悲惨な出来事を連想させられた。

「や、やめてくれ！　頼むからやめさせてくれ！　彼女は関係ないじゃないか！」

「わかってくださいませスイセン様。これはスイセン様の目を覚ますために必要なことですのよ」

シオンは細指を伸ばしてこちらの瞼を触り、無理矢理に開いて瞳を覗き込んでくる。

「どうやら今はあの受付嬢しか目に映っていないようですので、今一度その霞んだ視界を綺麗にして差し上げますの。ですのでしっかりとその目に焼きつけてくださいませ。アリウム・グロークが自分ではない誰かと交わるその瞬間を――！」

シオンが強引に顔を左側に向かせてくる。

目を瞑りたくなるような悲惨な現実を強引に見せられる。

スイセンは己の無力さと愚かさに怒りが収まらず、強く唇を噛みしめた。

（……俺が、巻き込んでしまった）

シオンの本性に気付かずに、アリウムのことが好きだと言ってしまった。

自分が不用意にアリウムのことが好きだと明かしてしまったから、こんなことに。

「あらっ？　スイセン様、もしかして〝泣いて〟いらっしゃいますの？　と、とても…………とても可愛らしいですわ！」

我知らず悔し涙を流していたらしく、シオンはそれを見て歓喜に震える。

頬に流れた涙を、彼女はあろうことか舌で舐め取ってきて、さらに悦に入ったように嬌声を上げた。

「あ、あぁぁ、甘ぃ……！　とても甘いですわ……！」

不快なその感触すらも、今は違う世界の出来事のように、遠くのことに感じる。

「そんなに悲しまないでくださいませスイセン様。これからはわたくしがスイセン様のことを何度でも慰めて差し上げます。ずっとずっと傍におりますから」

一方で目の前では、男性冒険者たちが台上のアリウムを取り囲んでいく。

スイセンは自分が招いてしまった現状に絶望し、同時に静かな怒りを燃やしていた。

「や、めろ…………！」

自分を欺き続けたシオンに対する怒り。

アリウムに劣情を抱いている冒険者たちに対する怒り。

そして、大切な人を巻き込んでしまった、自分自身に対する怒りを。

下卑た笑い声が響く中、ついに一人の男の手が、アリウムの体に伸ばされた。

「やめろおおおぉぉぉ!!!」

スイセンは喉が潰れんばかりの雄叫びと共に、全身に力を込めた。

彼を縛りつけている縄は、その頑張りも虚しく切れる気配はない。

だが、長年放置されていた木製の椅子は、木が腐っていたようで激しく〝崩れた〟。

「――っ⁉」

その音に冒険者たちは驚き、スイセンにもたれかかっていたシオンも目を見開く。

二人揃って酒場の床に倒れ込むと、スイセンはすかさず後ろ手に縛られた両手を前に持って来た。

結び目が緩くなっていたので、口を使って素早く解き、足の縄も手早く取り払う。

たった数秒で自由を取り戻したスイセンは、弾けるようにして立ち上がって、落ちている木の棒を拾いながら冒険者たちのもとに切り込んで行った。

「その人から離れろッ！」

その牽制が効いたらしく、冒険者たちは驚いたように僅かに足を引いた。

だが……

「チッ、邪魔すんじゃねえよ！」

水を差されたことで憤りを覚えたのか、冒険者の一人が舌打ち混じりに肉薄して来た。

目にも留まらぬ速さで間合いを詰めてくると、直後に右脚で蹴りを入れてくる。

「うぐっ……！」

その衝撃によって吹き飛ばされたスイセンは、地面に転がされて激痛に悶えた。

（速すぎて、まるで見えなかった……！）

さすがに冒険者というだけあって、それなりの戦闘能力を有しているらしい。

対してこちらは天職を持たない冒涜者《ウィード》。

それでも……

「う……らあぁぁぁ！」

スイセン・プライドは立ち上がる。

片恋相手に魔の手を伸ばす冒険者たちを見て、猛烈な闘争心を迸らせた。

木の棒を振るい、酒瓶を投げつけて、不届き者たちを追い払おうとする。

向こうも剣や槍で対抗してくるが、スイセンは巧みな武器捌きと身のこなしで冒険者たちの攻撃を掻い潜って行った。

「こ、こいつ、天職なかったはずだろ……！」

「しつけえんだよ雑魚がッ！」

ロゼとの訓練のおかげで、素の身体能力はかなり向上した。

武術の指導もしてもらったため、木の棒だけでもそれなりに戦うことができている。

たとえ天職がなくても、アリウムを守れるくらい強くなると決意したじゃないか。

今がまさにそれを証明する時。

(俺が、アリウム氏を守り抜いてみせる――！)

スイセンは修行の日々を思い出しながら、冒険者の一人に飛びかかって行った。

「【雷雲《パープルニムバス》】！」

バチッ!!!

突如、背中に強烈な痛みが走った。

「が……あっ……！」

同時に全身が痺れて、スイセンは力なく地面に倒れ込む。

記憶に新しい激痛を感じて、おもむろに後方を窺うと、そこには笑みを浮かべるシオン・ナーバスが立っていた。

「シ、オン……氏……！」

彼女の手には先刻に見たものと同じ〝紫色の雷〟が宿っていた。

目を凝らすと、手の中に小さな紫色の〝雲〟があるとわかる。

あれはシオン・ナーバスが扱うことができる『雲魔法』の一種。

魔力を雷雲に変えて自由自在に操ることができる【雷雲】だ。

他にも雨雲や雪雲なども生成することができて、そんな雲魔法を扱う彼女の天職は……『雲術師《くもじゅつし》』。

「大人しくしていてくださいませスイセン様。でないと、もっと痛い目に遭ってしまいますわよ」

雷の魔法によって痺れている間に、スイセンは男性冒険者たちに取り囲まれた。

そして執拗に蹴られて、殴られて、投げ飛ばされて、床を転がされる。

「あっ……がっ……！」

口内では血の味がして、殴られた頭は軋むように痛み、そのせいか視界も霞んでくる。

スイセンは全身を傷だらけにしながら地に沈み、冷たい床の感触を味わった。

「もうその辺りでやめてくださいませ。わたくしの未来の伴侶になるお方ですのよ。もしものことがあればあなた方を抹消いたしますわ」

「チッ、運がよかったなスイセン・プライド」

男性冒険者の一人にガッと髪を掴まれて、無理矢理に顔を上げさせられる。

男は割れた酒瓶の先端をこちらの顔に近づけながら、鋭く睨みつけてきた。

「てめえの綺麗な面《ツラ》をズタボロにしてやりてえところだが、これくらいで勘弁しといてやる。怖いんだったら大人しくここで震えてな、能無しのスイセン・プライドさんよぉ」

「……」

最後に頭を床に叩きつけられて、スイセンは声にならない声を漏らした。

男の言った通り、傷の痛みと恐怖のせいで、全身が震えて力が入らない。

（…………弱い）

自分は弱い。あまりにも弱すぎる。

目の前で片恋相手が襲われそうになっているのに、震えて見ていることしかできないのだから。

アリウムを守るために強くなると決めたのに、その矢先にこんな失態を晒すなんて滑稽の極みだ。

『俺は、自分に自信がないんだ』

結局、全部そのせいじゃないか。

自分に自信が持てないから立ち上がれずにいる。

こんな時になっても体を震わせて怖がっている。

いじめられっ子で一人ぼっちだった昔の頃と、何も変わっていない。

臆病で情けない、才能無しのスイセン・プライドなんだ。

激しい劣等感に苛まれて、スイセンは地べたに転がりながら目に涙を滲ませた。

『それでも僕は力を貸すよ』

瞬間、ロゼの優しげな声が、不意に脳裏をよぎった。

一人ぼっち、ではない。

少なくとも今、昔の頃とは違って、友人と呼べるような人物がたった一人だけいる。

たとえ天職がなくても、強くなる方法を一緒に考えてくれた。

迷惑を掛けてしまっても、一緒に特訓に付き合ってくれた。

自分に自信がないと言ったら、目一杯背中を押してくれた。

そんな心優しい友人が、今は一人だけいるじゃないか。

(自分に、自信を持て……！)

自分に才能はないかもしれない。

度胸もないかもしれない。

それでも、自信を持って言えることが確かにある……自分には最高の友がいると。

そんな親友に修行に付き合ってもらって、それでもなお自信がないと言うのか？

ロゼと鍛錬して培われた経験が、彼からもらった〝勇気〟が、今の自分には宿っているじゃないか！

だから……

(立て……！　動け……！　戦え、スイセン・プライドッ!!!)

「う、あああぁぁぁぁぁ!!!」

闘志の炎を再び燃やし、スイセン・プライドは立ち上がった。

刹那、彼の肉体がその闘志に呼応するかのように、〝純白の光〟を解き放った。

「なっ――!?」

スイセンから放たれた白光が薄暗い屋内を照らし、その場にいる者たちは目を剥く。

その光は次第に激しさを増し、やがて灯りの火が消えるかのようにふっと収まった。

一瞬の静寂が屋内を包み込む。

「な、なん……ですの……？　今の光は……？」

シオンは立ち上がったスイセンを見つめながら、掠れた声で静けさを破る。

一方でスイセンも、自分の身に起きた変化に戸惑いながら、自らの体を見下ろしていた。

「……あ、あはは っ！　今の光がなんだと言うのですの！　そんな手品ごときでわたくしたちを止められると思ったのですか？　さあ皆様、ぼぉーっとしていないでさっさとその受付嬢を……」

呆然と佇む男性冒険者たちを見て、シオンは声を張り上げる。

彼らを煽るためにアリウムの衣服でも剥がそうとしたのか、シオンは眠っているアリウムに近づいて魔の手を伸ばした。

それを目の端で捉えたスイセンは、咄嗟にシオンに〝声〟を投げる。

「【彼女に触れるな】！」

「――っ⁉」

途端、シオンの体が、まるで石にでもなったかのようにビクッと〝硬直〟した。

明らかに不自然な止まり方。

不可視の力によって縛りつけられたかのように、シオンは指先一つも動かせない。

男性冒険者たちも困惑する中、スイセンは今の自分の一声に不思議な力を感じて、同時に遅まきながら気が付いた。

体の内側から、体感したことのない〝力〟が溢れてきている。

まるで鉛の拘束具から解き放たれたかのような解放感にも満たされている。

スイセンは『まさか』と思って手を構えて、口早に式句を唱えた。

「【天啓を示せ】」

羊皮紙のような紙が手元に現れると、スイセンはすかさず紙面に目を走らせる。

するとそこには……

【天職】魅惑師
【レベル】1
【スキル】魅了
【魔法】幻惑魔法
【恩恵】筋力：F100　敏捷：F100　頑強：F100　魔力：D250　聖力：F0

「……」

スイセンは、声に出さずに嬉しさを噛みしめて、心の中で親友に呼びかけた。

『力になってやれなくてごめんな』

(いいや、ロゼ。君は確かに俺の力になってくれたよ)

こんな自分に勇気をくれた。

こんな自分に自信を付けさせてくれた。

育て屋として立派に依頼を全うしてくれた。

ロゼが献身的に修行に付き合ってくれたから、今の自分はこうして勇気と自信を持って立つことができている。

(もう大丈夫だな、スイセン・プライド)

念願だった天職を覚醒させて、スイセンは笑みを深めた。

覚醒したばかりなのでレベルは低い。恩恵値も心許ない。

しかし先ほどシオンを止めた力の正体を自覚して、スイセンは懐かしい気持ちで前髪を仰々しく掻き上げながら、冒険者たちに得意げに言い放った。

「アリウム氏に手を掛けようとしたことを、心の底から後悔するといい。この美しくて強いスイセン・プライドが、今宵君たちを断罪してみせる」

「……」

唐突に自信に溢れたスイセンを見て、男性冒険者たちは薄ら笑いを浮かべた。

「断罪？　ハッ、何言ってやがんだてめぇ」

「能無しのスイセンが、今さらこの状況をどうにかできるとでも思ってんのかよ」

先刻に比べて雰囲気を変えたことに違いはないが、いまだ人数差は歴然。

あの強豪受付嬢のアリウム・グロークですら、この大人数には為す術がなかったのだ。

しかしスイセンは余裕の笑みを貫く。

「逆に聞くが、アリウム氏に狼藉を働こうとしたのに、ここから無事に帰れるとでも思っているのかい？」

「あっ？」

「それと一つ失言を謝っておく。『このスイセン・プライドが断罪する』と言ったが、正しくは俺が直接手を出すまでもなく、君たちは埃まみれの床に頬を擦りつけることになる」

圧倒的格下から放たれた、挑発にも聞こえる侮辱的な発言。

男性冒険者たちは怒りを覚えて、額に青筋を立てた。

「ハッ、急に調子付きやがって。そこまで言うなら、望み通り痛い目に遭わせてやるよッ！」

怒りのままに声を轟かせて、男性冒険者の一人がスイセンに斬りかかろうとした。

刹那——

「【俺を守れ、シオン】」

「——っ⁉」

終始硬直していたシオンが、スイセンの声に反応して間に割り込んだ。

「【雷雲】！」

シオンの手から紫色の雲が生成されて、そこから紫電が放たれる。

すぐ近くにいた男性冒険者は、その放電に巻き込まれて全身を痙攣させた。

「ぐあぁぁぁぁ!!!」

焦げつくような臭いを酒場跡に残して、男は地面に倒れる。

その光景を前に、他の冒険者たちがシオンを糾弾した。

「お、おい！　何してんだよシオン・ナーバス！」

「俺たちのことを裏切るつもりか！」

「ち、違いますの！　これは、体が勝手に動いて……！」

我知らず、スイセンを守るように男性冒険者を倒してしまった。

自分の意思とは無関係に体が動いて、シオンはひどく困惑する。

「言っただろ。このスイセン・プライドが直接手を出すまでもないと。さあ、引き続き実験台になってくれたまえ。脇役の諸君」

「ちょ、調子に乗ってんじゃねえッ！」

さらに怒りを煽られた一人が、槍を構えてスイセンのもとに駆け出した。

しかし矛先はスイセンに届く前に、シオンによって遮られてしまう。

「【雨雲《ブルーニムバス》】！」

「――っ⁉」

青色の雲がシオンの手から生成されて、直後に水の塊が雲の中から射出される。

通常の水とは比べ物にならない重さの水弾が、男性冒険者の腹部に直撃した。

また一人の冒険者が床に倒れる。

「ど、どうなって、いますの……？　わたくしの体が、まるで言うことを聞きませんわ……！」

シオンが自分の体を見下ろしながら呟くと、スイセンはいつの間にか取り出していた〝二枚の天啓〟を見ながら、得意げになって始めた。

「これが俺の持つスキル……【魅了】の能力だよ」

「み、魅了……？」

「このスイセン・プライドの〝声〟を聞いた者に、〝命令を遵守〟させる力。シオン氏は今、この【魅了】の能力によって、俺からの命令に絶対に逆らうことができないんだ」

命令を遵守させる能力。

それを聞いて、その場にいる誰もが絶句した。

明らかに規格外のとんでもない力だ。

しかも冒涜者だったスイセンが、この土壇場でそんな能力を覚醒させたというのも信じられない。

「クソがッ――！」

得意げになって話すスイセンを見て、その隙を突くように一人の男が飛び出した。

男は、眠っているアリウムを人質にするか、スイセンに不意打ちを狙うかの二択で後者を選択。

仮にスイセンの言っていることが事実ならば、人質を取ったとしても完全に無意味だ。

それならばスイセンの声が届くよりも先に攻撃をする。

念のために両手で耳を塞ぎながら、スイセンに飛び蹴りを繰り出そうとしたが……

「【止まれ】」

「ぐっ――！」

すぐに気付かれてしまい、スイセンが男に言葉を投げた。

飛び出した男は、耳を塞いでいるのにも拘らず、スイセンの声によって体を硬直させる。

まるで頭に……否、〝心〟に直接言葉を叩き込まれたような感覚がした。

これも【魅了】のスキルの効果の一つで、スイセンの声は対象者の〝耳〟にではなく〝心〟に直接響くようになっている。

ゆえに物理的に遮断することはできない。

「チッ……！」

男は体を固まらせながら、思わず舌打ちを漏らした。

だが、すぐに硬直が解けて、彼はすぐさま後ろに飛び退《の》く。

自分の体を見下ろしながら、自由が戻ったことを自覚して、戸惑っている仲間たちに冷静に告げた。

「おい、落ち着けお前ら」

「……？」

「〝命令を遵守させる力〟なんていうのは、俺らをビビらすためのただのハッタリだ。奴の声にそこまでの強制力はねえ。事実、俺の拘束はこうしてすぐに解けた」

冷静なその判断に、男性冒険者たちは動揺を薄める。

しかし別の一人が、スイセンを守るように立ち塞がっているシオンを見て、不安げに返した。

「だ、だが、シオンは実際に声を聞いただけで、ああして完全に操られて……」

「人数が増えれば強制力が落ちるのかもしれない。それかもしくは何かしらの条件があんだよ。シオンが満たしていて、俺たちが満たしていない強制力を高めちまう条件がな」

男の推測は正しかった。

【魅了】の能力には条件がある。

それは対象者が、スイセン・プライドを強く〝意識〟しているということ。

怒り、憎しみ、恐れ、嫌悪、嫉妬、劣情、恋心……

どのような感情であれ、スイセンのことを強く意識している者が【魅了】の対象になる。

そしてその意識が強ければ強いほど、スイセンの命令に対する抵抗力が弱まり、支配されやすくなってしまうのだ。

事実、スイセンに対して並々ならぬ劣情を抱いているシオンは、【魅了】の能力によって完璧に服従させられていた。

一方で男性冒険者は、シオンほどの強い感情をスイセンに向けていないので、命令に対する抵抗力がいまだ強い状態である。

スイセンが先ほどから挑発的な口調で話しているのも、奴らの怒りの感情をさらに煽るためだった。

「……ハ、ハハッ！　俺たちにその力が効かねえんだったら、結局状況はほとんど変わってねえじゃねえか！」

「シオンの魔力もすぐに底を尽きる！　そいつ一人を服従させたところで俺たちには勝てねえよ！」

男性冒険者たちは威勢を取り戻したように、嬉々として手持ちの武器を構え始めた。

その光景を前にして、スイセンはいまだ余裕の笑みを崩さず、手を叩いて称賛を送る。

「なかなか察しがいい人間もいるみたいだね。まあ、確かにこのままでは、俺の【魅了】も大して効力を発揮しない。だから〝こうする〟のさ」

「はっ？」

スイセンは、唐突に右手を構えて、『パチンッ』と指を鳴らしながら唱えた。

「【幻影《ビジョン》】」

瞬間、スイセンの周りに白煙のような薄い空気が漂い始める。

それは次第にスイセンのもとに集まって彼を覆い、やがて目を疑うような光景を映し出した。

「なっ――!?」

白煙が晴れたそこには、スイセンはおらず、代わりに〝黒髪の美女〟が佇んでいた。

艶やかな黒い長髪を靡かせる、魅惑的な体つきの絶世の美女。

肌は透き通るような透明感を宿しており、ネグリジェのような白い衣服は無防備にも見えるくらい薄いものになっている。

「な、なんだ、こいつは……？」

「さっきまでこんな女、いなかったはずじゃ……」

男性の欲望を体現したような女性に、冒険者たちは困惑し、思わず目を奪われた。

「【全員ひれ伏せ】」

「――っ⁉」

刹那、黒髪の美女が凛とした声を響かせた。

同時に男性冒険者たちは地面にひれ伏し、頬までビタッと埃まみれの床に擦りつける。

「から、だが……！」

「う、動かねぇ……！」

先刻のような単純かつ強制力の弱い命令ではない。

決して逆らうことのできない、圧倒的な支配力を持った一声。

彼らと同じく、地面に倒されたシオンが、ハッとした様子でスイセンの力の正体に気が付いた。

「み、皆様……！　スイセン様の〝幻〟に、惑わされてはいけません……！　心を奪われたら、操られてしまいます……！」

「無駄だよシオン氏。意識というのは自分の意思で易々と操れるものではない。そして一度意識した相手は、そう簡単に忘れられるものではないんだよ」

スイセンは黒髪の美女から〝元の姿〟に戻りながら、哀れみの目で地面に倒れる冒険者たちを見渡す。

【魅了】の強制力を最も高める感情が〝劣情〟。

その感情を煽るために、スイセンは『魅惑師』が持っている唯一無二の力を使った。

幻によって他者を惑わして、心を強く刺激することができる『幻惑魔法』。

そのうちの一つである、スイセンのイメージによって姿を自在に変えることができる魔法――【幻影】。

あくまで幻覚ではあるが、スイセンの自信の力によって、幻はより濃く如実に現実味を醸し出す。

姿形、声や香り、実際に触れた際の感触まで、限りなく実体に近い幻影も再現が可能。

それによって男性冒険者たちの心を鷲掴みにして、全員に命令を強制させることもできるようになったのである。

「アリウム氏への劣情だけで動いている君たちを籠絡させることなんて、一人の片恋相手を落とすことに比べたら、息をするより容易いことだよ」

幻によって相手を惑わし、心を掌握する魔性の天職――『魅惑師』。

覚醒したばかりの天職ではあるが、その圧倒的な潜在能力の高さだけで、絶望的な劣勢を容易く覆してみせた。

「体を鍛えることはできても、心まではそう簡単に鍛えることはできない。君たちの運命はもはや、完全に俺の手の中にある」

「く、そがァ……！」

完全に屈服させられた男性冒険者たちは、地面に頬を擦りつけながら怒りを滲ませた。

と、その時――

「スイセン・プライドッ!!!」

「――っ⁉」

突然、後方から何者かが飛びかかって来た。

それは、いつもシオン・ナーバスの隣にいる、熱烈なファンの一人。

ロゼとコスモスを襲った集団のリーダーも務めた、ボタン・ユーフォリア。

建物の外で見張りをしていたらしく、主人の窮地を察して駆けつけて来た。

スイセンは咄嗟に口を走らせる。

「【止まれ】！」

だが……

「無駄……だァ！」

その者は一瞬だけ足を止めたが、すぐに硬直を解いて首に掴みかかって来た。

「ぐっ……！」

そのまま地面に倒されて、喉を絞められて声を出せなくなる。

恩恵の力で劣っているため、男女の差がありながら拘束を振り解けなかった。

他の仲間がいる可能性は念頭に入れていて、不意打ちにも反応はできたが……

(【魅了】がまったく効いていない……？)

正面からスイセンの声を受けたはずなのに、彼女はまったく命令を受けつけなかった。

他にも同様に、彼女に続いて中に入って来たシオンのファンたちも、スイセンの声を聞いたはずなのに動きが止まっていない。

「あははっ！　観念なさってくださいスイセン様！　彼女たちの心は、すでにわたくしの手中にあります！　【魅了】なんて力は一切通用いたしません！　他の方に心を移すようなことは決してありませんわ！」

【魅了】の力は、スイセンのことを強く意識するほど効果的に働く。

しかしすでにシオン・ナーバスという存在を強く崇拝しているファンたちは、彼女の言う通り【魅了】に対して絶大な抵抗力を備えていた。

（まさかここにきて、彼女たちが天敵になろうとは）

しかしそれならば話は単純で、【幻影】の魔法でシオンの姿に化けてしまえばいい。

そしてシオンの声で命令を下せば、連中も容易く魅了することができるだろう。

他にも、シオンや男性冒険者たちを従わせてファンたちを取り押さえることだってできる。

ただそれらは、スイセンの声があることが前提の話だ。

先手をとられて喉を押さえられた今、形勢は明らかに不利。

「絶対にこの手は放さないわよ……！　あんたの声には変な力が宿ってるんでしょ……！」

「うっ……ぐっ……！」

シオンや男性冒険者たちが身動きが取れなくなっていること。

そして先ほど僅かに【魅了】の力を受けたことで、ボタンはスイセンの力を悟ったのだ。

そのため声を出させてもらえず、口に布まで押し込まれて完全に力を封じられてしまう。

「シオン様に重ね重ね恥をかかせたこと、絶対に後悔させてやるわ！　使えない男どもに代わって、私たちが受付嬢への想いを断ち切ってやる！」

そう言うと彼女は、近くに転がっていた割れた酒瓶を拾い上げた。

それを仲間の一人に渡しながら、不気味な笑みを浮かべる。

「これであの受付嬢の顔をズタズタにしてやるわ。そうすればあんただってあの女のことを忘れて、シオン様の美しさに気付くことができるでしょ！」

「——っ⁉」

再びアリウムに危機が迫る。

鋭利な凶器を持った女性冒険者がアリウムに迫る光景を前に、スイセンは必死に足掻いた。

（やめろ、それだけは……！）

手足を動かして拘束から抜け出そうとする。

しかし恩恵値で劣っている彼は、女の腕を振り解くことができなかった。

声の一つでも上げることができれば、アリウムを助けることができるのに。

（やめろぉぉぉぉ!!!）

その一声すら出すこともできず、スイセンはアリウムが傷付けられる姿を見ていることしかできなかった。

「させないよ」

刹那――

視界で銀色の髪が揺れた。

（えっ……）

銀髪の青年は、アリウムに迫っていた人物に手刀を入れた。

的確に首筋に一撃が入ると、女性冒険者は意識を失って床に倒れる。

まさに一瞬の間でそれを成し遂げた銀髪の青年が、こちらに視線を移して微笑んだ。

「ようやく見つけたよ、スイセン」

「……」

ここ数週間、鍛錬の手助けをしてくれて、友人とも呼べる間柄になった人物。

育て屋ロゼが、そこにはいた。

（どうしてここに、ロゼが……？）

その疑問は、代わりにボタンが口にしてくれた。

「な、なんであんたがここにいるのよ……！　この時間にこんな場所に偶然来るなんて……」

「偶然じゃないよ。僕はお前たちを探してこの辺りを走り回ってたんだ」

ロゼはナイフを構えてシオンのファンたちに睨みを利かせる。

なぜロゼが彼女たちを探して走り回っていたのか、スイセンにはその訳がまったくわからなかった。

全員が同じ疑問を抱く中、ロゼはその疑念を察したように言う。

「ずっと、違和感があったんだ」

「違和感？」

「シオンのファンたちの行動にさ」

ロゼはいまだに押さえつけられているスイセンを一瞥して続ける。

「自分が憧れている人がフラれて、そのフった相手を恨むのはわかる。でもその相手を直接攻撃はせずに、遠回しに〝孤立〟させようとするなんて明らかに不自然だろ」

悪評を流したり、ロゼという協力者を襲撃したり。

言われてみれば復讐の仕方に一癖がある。

相手を恨んでいるのなら、直接的な攻撃に出るのが一番いいというのは子供でもわかることだ。

「僕も最初は、直接的な攻撃が明るみに出て罪に問われるのを危惧しているだけかと思った。悪評を流してギルドで孤立させるくらいなら罪にはならないから。でも奴らは実際に僕のことを襲って来た。スイセンから手を引けってな」

ロゼは目を細めてファンたちを見渡す。

「連中は罪を恐れているわけじゃない。それならどうして直接スイセンを攻撃しないのか。そこに何か深い意味があると思ったから、スイセンの手伝いを終えた後にこいつらの動向を探ることにしたんだ」

そして今晩、ファンの人間が誰一人としてギルドにおらず、集団で東区の方に向かったという情報を聞いたらしい。

ちょうどスイセンの依頼も終えた直後で、きな臭いと思ったロゼは東区を走り回っていたようだ。

「まあ、育て屋としてスイセンのことをちゃんと強くしてあげられなかったから、それが悔しくて落ち着かなかったっていう理由もあるけど」

「鬱陶しい男ね……！」

歯噛みをするボタンに、ロゼはナイフの先端と共に鋭い視線を向けた。

「さあ、スイセンとアリウムさんを解放してもらうぞ。ついでに教会の審判を受けて今回の罪を償ってもらう」

「やれるものならやってみなさいよ。あんた一人が来たところで状況は何も変わってないわ」

その声を聞いて、ファンたちが各々武器を構える。

「あんた一人でこの人数を相手にできるかしら？　前のようにあの〝幼女〟に助けてもらうことはできないのよ」

「コスモスの前で同じ台詞絶対に吐くなよ」

呆れたようにそう言ったロゼは、ため息混じりに続ける。

「ここにいる冒険者全員が相手だったら厳しかっただろうけど、スイセンのおかげである程度無力化できてるみたいだし、あんたらだけだったら僕だけで充分だよ」

「な、舐めてんじゃないわよ！」

女性冒険者たちは怒りのままにロゼに飛びかかって行く。

人数は十数人ほど。

駆け出し冒険者たちとはいえ、それなりに実戦も積んで統率の取れている厄介な相手たち。

そんな彼女たちが険しい顔つきで一斉に襲いかかって来る光景は恐ろしいものがあるが、ロゼは冷静さを崩さずに応対した。

突き出された槍をいなしつつ、攻撃して来た女性冒険者に毒の一撫でを浴びせる。

どうやら痺れ毒が仕込まれているようで、敵の一人はそれだけで地面に沈んだ。

次いで僅かに離れたところから放たれた魔法も、酒場の木造りのテーブルを盾代わりにするように即座に立てて防ぐ。

その後の隙を突くように高速で飛び出して、魔術師に対しても深傷にならない加減で毒ナイフを食らわせた。

【神眼】のスキルで敵の手の内を読み、未来視にも等しい動きで完璧に戦場を掌握する。

スイセンは女性冒険者に押さえつけられながら、ロゼのその戦いを見て唖然とした。

共に修行をしていた時からも思っていたが……

（……やっぱり強い）

以前に参考までに恩恵の数値を聞いたことがあるが、お世辞にも恵まれた数値というわけではなかった。

それこそ中堅冒険者にやや毛が生えた程度の能力値。

それでも彼は培ってきた経験を生かして、恩恵以上の凄まじいパフォーマンスを発揮していた。

それこそ戦闘系の天職を授かっていたとしたら、名高い冒険者として英雄的な活躍をしていたことだろう。

やがて仲間たちが倒されていく光景を前に、スイセンを押さえつけているボタンが痺れを切らしたように酒瓶を構えた。

「そ、それ以上動くんじゃないわよ！　スイセン・プライドがどうなっても……！」

瞬間、ロゼは閃くような速さで腕を振り抜いた。

気が付けば、彼の手元からは毒ナイフが消え、女の腕を掠めて後方の椅子に刺さっていた。

「あっ……がっ……！」

瞬く間に女の全身に毒が回り、スイセンの上から崩れ落ちるように地面に倒れていく。

ようやく拘束から解放されたスイセンは、口に詰められていた布を取り払って咳払いをした。

その姿を心配そうに見ながら、女性冒険者全員を無力化したロゼが声を掛けてくる。

「大丈夫かスイセン」

「あ、あぁ、なんとかね。ロゼが来てくれて本当に助かったよ」

でなければ今頃、アリウムに取り返しのつかない傷を負わせていたところだった。

いくら言葉を尽くしても感謝し切れない。

「すぐに衛兵を呼んで来る。ここ、スイセンに任せていいか？」

「問題ないよ。よろしく頼むロゼ」

ロゼは早々にこの場を収拾させるためにすぐに行動に出る。

この状況でも冷静な判断を下せることに感嘆させられていると、一歩を踏み出しかけたロゼが不意にこちらを振り向いた。

「天職、目覚めさせることができたんだな」

「さすがにこの状況を見ればわかってしまうか」

そもそもロゼにはすべてを見抜く【神眼】のスキルがある。

倒れている連中の状態を見て、それがスイセンの能力によるものだと一瞬で看破したのだろう。

それを使っていないにしろ、この状況を見ればスイセンの力の覚醒は容易に察せる。

「おめでとう、スイセン」

「何を言っているんだい、これは誰よりも君のおかげだよ。何から何まで、本当にありがとう」

「いや、僕は別に何も……」

頭を下げたスイセンに対し、ロゼは両手と一緒にかぶりを振る。

謙遜した彼は、詳しい話はまた後日聞かせてほしいと続けて、足早に衛兵を呼びに向かった。

ロゼの姿は見えなくなってしまったが、それでもスイセンは感謝の意を示すように深々と頭を下げ続けていた。

「本当に、ありがとう」

窮地から救い出してくれて。

天職を目覚めさせてくれて。

こんな自分と友達になって、勇気と自信を与えてくれて。

終章

スイセンとアリウムさんを救出した日の翌日。

僕はスイセンと町の通りを歩きながら、昨夜の話を聞いていた。

シオンに襲われるまでの過程、天職が覚醒した経緯、天職の能力などなど。

まさか住宅区の一端でそんな恐ろしい事件が起きていたなんて驚きである。

ただそれ以上に、スイセンの身に覚醒した天職の方に僕は度肝を抜かれてしまった。

意識をさせた相手に命令を強制させる天職――『魅惑師』。

話に聞いただけで規格外の天職だというのがわかってしまう。

「……まったくこの町は」

「んっ？　どういう意味だいそれ？」

ちなみに僕たちは今、教会で事情聴取を受けた帰りで、その足で治療院へと向かっている。

そこで体を休めているという、アリウムさんの様子を見るために。

シオン一派と協力者の冒険者たちは衛兵に捕まり、現在は教会にて審判を受けている。

おそらく鞭打ちや焼印刑といった身体刑になるだろうとのことだ。

それで反省が見られなければ五年かそこらの禁錮刑も追加されるようで、どうか心を入れ替えてほしいと思う。

僕とスイセンはその審判のために教会へと呼ばれていて、ついさっき聞き取り調査が終了したところである。

そのためまったく寝ずに朝の通りを歩いているわけで、アリウムさんのお見舞いが済んだら早めに休みたいと思う。

「アリウムさん、命に別状はないみたいでよかったね。治癒師の治療を受けて、体にあった傷はもうほとんど消えてるって話だし。これで一件落着だな」

「……」

一連の事件が解決したというのに、スイセンの顔は浮かない。

その訳はわからなかったが、僕は背中を伸ばしながら改めて言った。

「まあ、こうして天職も覚醒させて強くなったわけだし、シオンたちみたいな邪魔者ももういなくなったんだから、これでいよいよスイセンの想いを告げることができるな」

強くなって好きな人に告白する。

その当初の目的を叶えられる条件がいよいよ揃ったのだ。

しかしスイセンは依然として表情を曇らせながら目を伏せている。

やがて彼は弱々しく瞼を持ち上げてかぶりを振った。

「いいや、告白はしない」

「えっ？」

「アリウム氏に、告白はしない。俺はあまりにも、彼女に〝迷惑〟を掛け過ぎてしまったから」

迷惑。

それが何を指しているのかは、詳しく説明されずとも理解できた。

今回の事件に彼女を巻き込んでしまったことを、申し訳なく思っているらしい。

「俺のせいで、アリウム氏を危険なことに巻き込んでしまった。俺が好意を示してしまったばかりに、シオン氏たちに狙われることになってしまったんだ。彼女を傷付けたのは俺だと言っても間違いではないんだよ」

「そんなことは……」

「ここまで迷惑を掛けておいて、今さら恋仲になろうだなんて、虫が良すぎる話だろう」

アリウムさんに実害を与えたのはシオンたちの方だ。

だからスイセンが罪悪感を抱える必要はない。

と言っても、この様子ではスイセンはそれで納得はしないだろう。

「だから、アリウムさんに告白はしないのか？」

「あぁ。アリウム氏を傷付けてしまった以上は、俺に恋仲になれる資格はないからね」

覚悟を決めた、というよりかは、すっぱりと諦めをつけたような顔をしている。

「この後、治療院には行く。でもそれは謝罪をしに行くためであって、この想いを告げるためではない。俺と親しくしていたせいで危険な目に遭わせてしまったことを、アリウム氏に心から謝って……それで金輪際、彼女と接するのはやめるようにする」

迷惑を掛けてしまったから、そのけじめとして会うことをやめる。

その気持ちはわかる。と、軽々しく言えるほど、僕も恋愛経験があるわけじゃない。

いや、そもそもこれは恋愛的な話ではなく、人としてのけじめの話なのだろう。

だからどうするのが正しいのかなんて、部外者の僕がわかるはずもないけれど……

「スイセンは、本当にそれでいいのか？」

「えっ？」

「自分の気持ちに蓋をして、今後一切、アリウムさんと関わるのをやめる。それが彼女に対しての償いになるって、本気でそう思ってるのか？」

スイセンのその考えが間違っているというのは、こんな僕でも断言することができた。

だってそんなの、まるでスイセンらしくないじゃないか。

あの自信家で一途で、どこまでも真っ直ぐなスイセン・プライドなら……

「こんなに迷惑を掛けたんだぞ。そんな相手の顔なんて見たくもないはずだ。ましてや恋仲になって隣に立とうだなんて、烏滸《おこ》がましいにも程が……」

「『迷惑を掛けてしまった分、俺がアリウム氏に幸せを与えてみせる！』」

「――っ⁉」

「怪我をさせた。危ないことに巻き込んだ。ならその分、それ以上の幸せを彼女に与えてあげればいい。それが本当の償いになるんじゃないのか。今回の件なんてすっかり忘れるくらいの、とてつもなく大きな幸せをアリウムさんに与える。僕が知っているスイセン・プライドなら、きっとそう決断しているはずだ」

自信を持ってそう告げると、スイセンは驚いたように目を見開いた。

まるで忘れていた自分を思い出したかのように。

「そもそも迷惑を掛けたのはスイセンじゃなくてシオンたちの方だろ。だからスイセンが気に病む必要なんてどこにもないんだよ」

「そ、それでも、俺がアリウム氏を好きになっていなければ、こんなことにはなっていなかったんだ。これ以上、危険なことには巻き込みたくないし、アリウム氏のためにも……」

「………あぁもう」

僕はもどかしさを覚えて、頭を掻きながら返した。

「だったら、直接本人に聞けばいいだろ」

「ちょ、直接……？」

「スイセンのことが迷惑かどうか、アリウムさんに直接聞くんだよ。そもそもそれを決めるのはアリウムさん本人なんだから、僕たちがここでごちゃごちゃ言ってても仕方ないだろ」

これ以上彼女と関わると迷惑になるかもしれない。

そんなのアリウムさん本人に聞かなきゃわからないことじゃないか。

それでももし拒まれたなら潔く諦めればいいし、もし許してもらえたら、その時は改めて気持ちを告白すればいいのだ。

ほらっ、タイミングよく治療院も見えてきたところだし。

やがて治療院の前に辿り着くと、スイセンは静かに深呼吸をした。

今からすでに緊張しているのか、額には冷や汗が滲んでいる。

それでも僕の説得が効いたのか、スイセンは意を決したように治療院へと入った。

受付室でアリウムさんの病室を聞き、教えてもらった部屋に辿り着くと、中には意識を取り戻したらしいアリウムさんがいた。

「ア、アリウム氏……」

「んっ？」

患者用の服に身を包み、窓の外を眺めていた彼女は、こちらに気が付いて凛々しい顔を向けてくれる。

そして傷のことなど感じさせないくらいシャキッとした声で名前を呼んでくれた。

「おぉ、スイセン・プライドか。……と、そっちは確か、ロゼ・フルールだったか？」

「ぼ、僕のことも、ご存じだったんですか？」

「あぁ、テラが目にかけている冒険者だと聞いていたからな。それに彼女は事あるごとに君の話をするものだから、私もすっかり覚えてしまったよ」

「な、なるほど。テラさんが……」

事あるごとに話せるほど、僕から引き出せる話題なんてあるだろうか？

それはまあ気にはなったが、アリウムさんに手招きされたので僕たちは病室に入ることにした。

「それで、二人してどうしたんだ？　見舞いにしては随分とおかしな取り合わせのように思うが。というか君たちは知人同士だったのか？」

「まあ、はい。仕事の関係で知り合ったばかりなんですけど……」

と、手短に知り合った経緯を説明すると、直後にスイセンが開口一番に謝った。

「あ、あの！　今日はアリウム氏に謝罪がしたくて来たんです……！」

「謝罪？」

「昨夜、複数の暴漢が襲って来た件です。アリウム氏が襲われたのは、俺が原因なんです。俺のせいでアリウム氏を、危険な目に遭わせてしまった……！」

まだ詳しい事情を知らないアリウムさんに対して、スイセンは心苦しそうに明かす。

アリウムさんを襲った連中のこと、連れ去られた事情、スイセンとシオンの関係など。

一応、彼女への好意を隠すために、アリウムさんが狙われた理由は『スイセンと親しくしていたから』ということにしたけど。

アリウムさんは終始、何も言わずにスイセンの声に耳を傾けていて、傍らで僕も静かに見守り続けた。

やがてすべての説明を終えると、スイセンはすかさず頭を下げる。

「申し訳ないアリウム氏。俺のせいでそのような怪我まで負わせてしまった。どう償ったらいいか」

罪悪感の滲んだ謝罪が、僕たちだけの病室に静かに鳴り響く。

部屋が妙な緊張感に満たされていると、やがてアリウムさんはにこりと微笑んだ。

「そんなに落ち込む必要はないよ、スイセン・プライド。君が責任を感じるところなんてどこにもないじゃないか」

「えっ……？」

アリウムさんの口からそう言われて、スイセンは驚いたように目を丸くする。

隣でそれを聞いていた僕も、思わず盛大に安堵の息を吐いてしまうところだった。

アリウムさんならきっと、スイセンのことを責めるようなことは言わないとは思っていたけど、こうして改めて彼女の口からその言葉が聞けてとても安心する。

「それにこれは、私が未熟だったのもいけないんだよ。あの程度の人数を相手に敗戦するとは、元一級冒険者が聞いて呆れる。私もまだまだということだな」

「そ、そんなことは……！」

すかさずスイセンがアリウムさんのフォローをしようとすると、それよりも早く彼女から驚きの一言を掛けられた。

「それに狼藉者たちは、君が咎めてくれたのだろう？　私も意識は定かではなかったが、その時のことはぼんやりとだけど覚えているよ」

「えっ……？」

「劣情を持って私に手を上げようとした冒険者たちに対して、君は勇敢に立ち向かってくれた。勇気を持って私を助けようとしてくれた。意識が朦朧としていたため、夢だったのではないかと思っていたが、どうやら見間違いではなかったようだな」

朧げながらも、事件のことを少しだけ覚えているらしい。

会話の内容などは聞き取れていなかったみたいだが、スイセンの勇姿だけは彼女の頭に刻み込まれているようだ。

「私が彼らに襲われたのは、確かに君が原因なのかもしれない。しかし君自身が己の力だけでそれを解決したのだから、それで償いは充分にできているんじゃないのか？」

「アリウム氏……」

スイセンの緊張の糸が、次第に解けていくのを感じる。

「それじゃあ、今度からも俺は、アリウム氏に声を掛けてもいいん……ですか？」

「何を遠慮する必要がある。話したい時に自由に声を掛けてくれればいいさ」

「また同じようなことが起きてしまうかもしれないのに、迷惑だって思わないんですか」

「思わないさ。私もこれまで通り、君を見かけたら声を掛けに行くからな。こちらこそ変わらず接してくれると嬉しいよ」

「……」

スイセンは、アリウムさんからの言葉を噛み締めるように両手を握って、ゆっくりと頭を下げた。

「ありがとう、ございます……！」

迷惑ではないと言ってもらえた。

変わらず話しかけても大丈夫だと許しをもらった。

スイセンが不安に思っていたことは杞憂に終わり、二人の関係に亀裂が入ることはやはりなかったみたいだ。

「それにしてもまさか、もう君に追い抜かされてしまうとは思ってもみなかったよ。『君はまだまだ強くなれる』とは言ったが、さすがにここまで成長が早いとは想定外だ」

スイセンの急成長に感心を見せたアリウムさんは、次いできょとんと首を傾げた。

「ところで、話というのはこれで終わりなのかな？」

「あっ……」

今一度そう問われて、僕は思わず隣のスイセンを一瞥する。

するとスイセンは、額に冷や汗を滲ませて、顔を石のように強張らせていた。

解けたはずの緊張が、思い出されたかのようにぶり返している。

いやむしろ、先ほどよりも強烈な緊張感と恐怖心がスイセンから伝わって来た。

ここで想いを告げるべきかという迷い。失敗してしまうのではないかという不安。

そう思ってしまうのも無理はない。だから僕は……

「――っ⁉」

少しでも力になるために、密かにスイセンの背中を叩いた。

「……大丈夫、僕がついてるから」

ここで想いを告げないというのも選択肢の一つだ。

無理に一歩を踏み出してしまえば、せっかく繋ぎ止めた関係を自ら断絶してしまうことになるかもしれないから。

それでも僕は背中を押した。

きっとスイセンなら、ここで退いたら後々になって深く後悔するはずだから。

「ア、アリウム氏！　大事な話があるんだ！」

「大事な話？」

スイセンは臆病な気持ちをなんとか引かせると、胸の内に秘めていた想いを吐露した。

「俺は、自分に自信がなかった。いつも周りの目ばかりを気にして、よく思われようとして必死になっていた。それでも多くの冒険者たちから忌み嫌われて、ますますこんな自分が嫌いになりそうだった。そんな時に声を掛けてくれたのがアリウム氏だったんだ！」

仮面を被っていた頃のような、偽りにまみれた言葉ではない。

心からの本音が、アリウムさんのいる病室に響き渡る。

「『周りの目など気にするな』。俺はこの言葉にすごく救われた。そして同時にアリウム氏に特別な感情を持つようになった。俺とは正反対に強い心の持ち主で、まさに自分の理想とも言える人物だったから。そんなアリウム氏のことを、これからも一番近くで見ていたい。そして今度は俺が、アリウム氏を支えていきたいと思っているんだ」

「……」

静かにアリウムさんが聞く中で、スイセンは力強く続ける。

「だから……！」

想いの丈を、たった一言に詰めて……

ずっと想い続けてきたアリウムさんに、正面から送った。

「俺と、付き合ってください！」

飾り気のない真っ直ぐな告白。

魅惑師スイセンが、その力に頼らずに告げた正真正銘の愛の言葉。

さしものアリウムさんも、この告白には面食らい、しきりに瞬きを繰り返していた。

しばしの静寂が病室を包み、僕の手にもじわりと冷や汗が滲んでくる。

スイセンが佇む中、やがてアリウムさんが問いかけてきた。

「……確認だが、〝付き合ってくれ〟というのは、『特訓に付き合ってくれ』とか『買い物に付き合ってくれ』とか、そういう意味ではないのだろう？」

「……はい」

「男女交際のことを指している。で、間違いないかな？」

「……はい」

勘違いや聞き間違いで済まそうとしないためだろうか。

アリウムさんはきちんと言葉の意味を尋ねてきて、自然とこちらの緊張感も増してくる。

それから十秒ほどの沈黙ののち、アリウムさんが冷静な声音で返してきた。

「まさか君からも告白を受けるとは思わなかったな。しかし君の場合は他の冒険者らと違って、とてつもなく強い気持ちが伝わってくる。となればこちらも、真摯に向き合うのが礼儀というものだな」

次いで彼女は歩み寄って来て、スイセンと正面から向き合う。

その様子がいつもと少し違ったからだろう、スイセンは首を傾げた。

「ア、アリウム氏……？」

そして彼は動揺しながらも、アリウムさんの身を案じるように声を掛ける。

「あ、あの、まだ体に障りますから、あまり歩かない方が……」

刹那——

アリウムさんが、まるで食らいつくようにして……


スイセンの唇に、キスをした。


「——っ⁉」

あまりに想定外の事態に、スイセンはぎょっと目を見開く。

頬や手の甲などではなく、熱い愛情を交わす時にする、唇を重ねた接吻。

こんなに近くで他人の口付けを見る機会などなかったので、僕も思わず目を逸らすことも忘れて固まってしまった。

やがてアリウムさんは、伸ばしていたつま先をゆっくりと戻して、スイセンの前で悪戯っぽい笑みを浮かべる。

「ア、アア……！　アリウム氏……⁉」

「これが私からの答えだ。何かと自分の気持ちを言葉にするのが苦手でな、口より先に手が動いてしまうタイプなんだ。あっ、いや、この場合は口が先に動いたと言うべきか」

そう言ってアリウムさんは、『ふふっ』と面白がるような笑みをこぼす。

スイセンは呆気に取られた様子で、あまりに刺激的な体験に目を回しかけていた。

「何をそんなに意外そうな顔をしている。まさか告白を断られるかもしれないと思っていたのか？　その可能性は限りなく低いと簡単にわかるだろうに」

「えっ？　そ、それってどういう……」

「私は暴漢に襲われた。それは確かに君が原因だったのかもしれない。しかし私から見れば君は、下卑た暴漢たちを蹴散らして貞操を守ってくれた、格好のいい英雄なんだよ。あんな姿を見せられて、まったく意識をするなという方が無理な話だろう」

アリウムさんの白磁のような頬が、僅かに赤らんでいるように見えた。

その表情が何よりも説得力を感じさせてくれた。

どうやらシオンたちのあの行動は、二人の仲を引き裂くどころか、逆により親密にしてしまったらしい。

「ほ、本当に、俺なんかと付き合って……くれるんですか？」

「だから言葉にするのは苦手だと言っただろう？　それとも何か？　もう一度同じことをしなければ伝わらないとでも言うのかな？　だったらもう一度……」

「い、いや！　もう大丈夫だ！　アリウム氏の答えは、もう充分に伝わったから……！」

告白は……成功した。

改めてその実感が湧いて来たのか、スイセンは次第に頬を緩ませていく。

嬉しさを隠し切れずに拳を握りしめていると、アリウムさんがスイセンのその手を取りながら、『魅惑師』も驚きの刺激的な台詞を口にした。

「覚悟はいいかスイセン・プライド。お互い冒険者業界に身を置く者同士、明日にでも命が無くなってもおかしくない立場だ。ゆえに、私との恋愛はとても足早になるぞ。一日や二日で手繋ぎなど……そんな悠長なものだとは思わないことだ」

「……は、はい」

恋愛経験の少ないスイセンは、想い人であるアリウムさんからの魅惑的な宣言に、顔を真っ赤にしていた。

一方で僕は、なんだか見ちゃいけないものを見てしまい、複雑な気持ちで満たされた。

◇

「おーい、大丈夫かスイセン？」

「……」

病室でのやり取りを終えた後。

まだ安静期間であるアリウムさんを病室に残して、僕たちは治療院を後にした。

告白が無事に成功したので、軽く祝杯でもしようとその足で近くの酒場に入ったはいいが、スイセンはグラスを持ったまままもう五分くらいは固まっている。

完全に上の空だ。

「お、俺はもしかして、夢を見ているんじゃないのか？　それとも、幻覚か何かを見ていて、アリウム氏と結ばれたのは全部錯覚だったんじゃ……」

「幻覚はスイセンの得意分野だろ」

まあ、幻覚だと疑いたくなる気持ちもわからなくはない。

だって、ずっと想い続けてきた相手に告白をしたら、良い返事が来るどころか〝接吻〟が返って来たのだから。

まさかアリウムさんがあそこまでぐいぐい来る人だとは思わなかった。

「安心してよ。僕もしっかりと告白が成功したところを見てたからさ。スイセンはちゃんとアリウムさんと恋仲になれたよ」

「そ、そう……だよな。俺はちゃんと、アリウム氏と結ばれたん、だよな……」

スイセンは改めて告白の成功を噛み締めるように頷き、安堵の笑みを浮かべる。

「で、でも、本当にロゼの言う通りになって驚いたよ。アリウム氏に迷惑だと思われていなかったみたいで、とても安心した」

「まあ、告白まで上手くいくとは思わなかったけどね」

「ロゼには改めて礼を言う。俺の背中を押してくれて本当にありがとう。あれがなかったら俺は、おそらくあの時逃げ出していたと思うから」

「いいや、本当に頑張ったのはスイセンの方だから、僕がお礼を言われる筋合いは……」

スイセンが再び優しい言葉を掛けてくれた。

「君はやっぱり、最高の育て屋だ。俺に勇気をくれた。自信を付けさせてくれた。天職を目覚めさせてくれた。告白だって成功したし、本当にロゼには助けられっぱなしだよ」

そう言ってスイセンは手を差し出してくる。

「だから、本当に感謝している。あの時、俺の依頼を引き受けてくれてありがとう」

「……」

僕は今一度その言葉を聞いて、密かに許されたような気持ちになった。

今回、育て屋として未熟な面があったのは事実だ。

スイセンからの依頼を途中で断念するようなことがあったし、二度と同じことが起きないように、僕は育て屋としてますます精進していかなければならない。

その決意をここで示すという意味で、僕はスイセンのこの手を取ることにした。

「また、育て屋に遊びに行ってもいいかな」

「うん、是非またうちに来てよ。アリウムさんとの仲がどれくらい進展したのかとか、色々聞きたいこともあるからさ」

「あぁ、もちろんさ！　俺とアリウム氏の恋愛譚を、存分にロゼに聞かせてあげよう！」

その後、しばらく酒場で過ごした僕たちは、昼下がりの頃に解散をした。

酒場の前で別れて、僕は帰路につく。

一つの依頼を終えた達成感と、仄かな酔いに浸る帰り道は、僕をまた不思議な気持ちにさせてくれた。

「…………僕、ちゃんと力になれてたんだな」

スイセンの天職を覚醒できずに、育て屋として少し自信を失いかけていた。

でも、表面的な〝力〟ではなく内面の〝心〟を育ててあげることはできていたらしい。

結果的にそれでスイセンの天職は覚醒して、依頼を達成することができた。

『育成師』の力を使わなくても、そういう形で人を成長させてあげることもできるんだ。

これでこれからも、もっと色んな人たちの手助けが……

『ロゼは今、色んな人を助けてるけど、本当は何が〝やりたい〟の？　ロゼの〝夢〟って、何？』

僕はふと、ネモフィラさんの問いかけを思い出す。

あの時は『よくわからない』と濁してしまったけれど、今ならちゃんとした答えを返せると思う。

僕は、〝人を育てる〟のが好きなんだ。

最初は感謝されたのが嬉しくて育て屋を始めてみたけど、自分の力で誰かが育っていく姿を見るのが次第に楽しくなってきた。

だから、強いて夢を語るとするなら……

「これからも育て屋として、この町で伸び悩んでいる誰かを助けてあげたい、かな」

それが育成師アロゼの夢なのだと、僕は今一度言葉にしてしみじみと感じた。

と、その時――

「あっ、ロゼさーん！」

「んっ？」

そろそろ自宅が見えてくるというところで、育て屋の前に見慣れた赤髪の少女がいるのが見えた。

隣には黒髪の小さな少女もいて、目に馴染んだ取り合わせに安心感を覚えてしまう。

戦乙女ローズと星屑師《ほしくずし》コスモス。

「育て屋さんに遊びに来たんですけど、お留守だったので出直そうと思いまして……」

「そんなローズとちょうどここで会ったから、二人でちょっと立話してたのよ」

「そうだったんだ。ごめん留守にしてて」

そう言いながら、僕は育て屋の扉を開けて三人で中に入る。

さっそく定位置の椅子に座ってくつろぐローズとコスモスを横目に見ながら、僕はまたふと思った。

夢、もう一つあった。

僕は人を育てるのが好きだし、感謝してもらうというのもやりがいに感じている。

でも、誰かが育っていくのを見ているうちに、僕自身にもある種の願望のようなものが湧いてきてしまった。

いつかは僕も、この天才たちのように強くなりたい。

脇役を義務づけられた力かもしれないけど、強くてかっこよくて、憧れられるような存在になりたい。

きっとそのヒントを才能の原石たちから見出すために、僕は育て屋を続けているのかもしれないな。

「どうしたのよ、私たちの顔じっと見て」

「もしかして何か付いてますか？」

「いいや、なんでもないよ」

ここは、伸び悩んでいる駆け出し冒険者たちを育てるための場所。

同時に、英雄願望を持つ僕自身が育つための場所でもある。

それが、はじまりの町の育て屋さん。

僕はそんな育て屋さんで、これからも才能の原石たちを磨き上げていく。

いつか、彼ら彼女らに、自分自身で追いつくことを夢に見て。

別章　恋バナ

「それでな、この前は二人で景色のいいレストランに行ったんだ。アリウム氏もそこのディナーを気に入ってくれてね、特に恋人同士限定のメニューもあって雰囲気もとても良くなったんだよ。また今度来ようかって話にもなって……」

「へぇ……」

　スイセンの依頼を完了してから一週間。

あれからスイセンはアリウムさんとデートをする度に、僕の育て屋を訪れるようになっていた。

理由はおわかりの通り、僕に惚気《のろけ》話を聞かせるためである。

また遊びに来てとは言ったけど、まさかここまで頻繁に甘い話を聞かせに来るとは思わなかった。

「んっ、どうしたんだいロゼ？　もしや俺とアリウム氏の話ばかりで、退屈させてしまったかな？」

「いや、惚気話そのものは退屈じゃないし嫌いでもないよ。むしろくっついたばかりの二人の近況が知れるからいいんだけど……」

　僕はため息をこぼして続ける。

「なんて言うか、恋愛方面で頑張ってる人の話聞くと、自分は何やってんだろうなぁって自嘲的な気持ちになるんだよ」

「自嘲的？　羨ましいとかじゃなくて？」

「羨ましいって気持ちは、恋愛を頑張ろうって思ってる人が惚気話を聞いて感じることでしょ。僕は別に恋愛に積極的じゃないからさ。まあだからこそ、恋愛できてない自分が情けないなって気持ちになるんだよ」

誰かを好きになって結ばれて、家庭を持って子供を育てる。

それだけがすべてだと言うわけじゃないけど、それが立派なことであることに違いはない。

だというのに僕はその一歩目である恋愛に興味を持てず、人として少し劣等感を覚えているのだ。

それでこんな甘々な惚気話を聞かされたら、そりゃ自嘲的にもなるでしょ。

「ロゼも恋をすればいいじゃないか。そうすれば互いに惚気合うことができて会話も弾むはずさ」

「そんな習い事始めるくらいの気軽さでできるものじゃないだろ」

「でも、少しくらいは気になっている人とかいるんじゃないのかい？　育て屋をやっているんだから、手を貸した駆け出し冒険者の誰かといい感じになっていたり……」

うーん、いないなぁそんな人。

育て屋として異性と接する機会はままあるけれど、あくまでそれは仕事上の付き合いだし。

それに育て屋として関わる以上、僕は面倒を見る側の立場になるわけで、恋愛対象と言うよりかはやはりどこか親目線でお客さんを見てしまう。

その辺りが恋愛に発展しない要因になっている気がするな。

と、そんな話をしていると、不意に玄関の方から『コンコンコンッ』と音がした。

「おやっ、もしかしてお客さんかい？　育て屋も繁盛しているみたいで何よりじゃないか」

「まあ最近は結構ね。でも、こんな遅い時間に来るのは珍しいな」

育て屋さん目的のお客さんじゃないのかな？　ローズとかコスモスとか？

冒険終わりの駆け出し冒険者が遅くにやって来たという可能性もあるけど。

「また迷える子羊が成長の手がかりを求めて育て屋にやって来たということだね。どれ、ここは天職を覚醒させて力を付けた先輩として、俺が出て話を聞こうじゃないか」

「スイセンが出ても意味ないでしょ」

というツッコミも待たずにスイセンは玄関扉に歩み寄って行った。

そして躊躇いなく扉を開ける。

「おやおや、これはまた随分と可愛らしいお客様が来たじゃないか」

「んっ？　可愛らしいお客様？」

思い当たる人物は何人かいるが、スイセンの小脇から僅かに見えた人物は、僕の予想には含まれていなかった人だった。

「フ、フラン？」

「あっ、ロゼ！　よかった。遊びに来たんだけど、家間違えちゃったのかと思ったよ」

僕の姿を見て安堵の息をこぼしたのは、鍛冶師フランだった。

スイセンが出迎えをしてきたからか、別の宅を訪れてしまったのではないかと思ったらしい。

「なんだい、もしかしてロゼの知り合いかい？」

「うん、前に成長の手助けをしたフラン。友達だよ」

思えばこの三者が集うのは初めてだったか。

僕の男友達であるフランとスイセン。

いつか二人を会わせてみたいなと思っていたけど、図らずも今日それが叶ってしまった。

急いでスイセンのことをフランに紹介しようとしたけれど、先にスイセンが自ら名乗った。

「初めましてフラン氏。俺の名前はスイセン・プライド。君と同じようにロゼに色々と手助けをしてもらった冒険者さ。今はロゼの親友でもあるけどね」

それは間違ってないんだけど、人様の前で親友って言うのは恥ずかしいからやめてほしい。

ともあれ自分で説明をしてくれたおかげで僕の手間が省ける。

と思っていたけれど、フランはなぜかぼんやりとした様子で、スイセンのことを見つめながら固まっていた。

「……？　どうしたんだいフラン氏？　今の自己紹介だけじゃ足りなかったかな？」

「あっ、いやその、かっこいい人だなぁと思って、少し羨ましくて見惚れちゃってたんだ……」

「ハハッ、それはありがとう」

褒められ慣れているためか、スイセンは恥ずかしがる様子もなくむしろ余裕を見せる。

「君も大層可憐な〝少女〟だと思うよ。あぁでも、決して俺には惚れないでくれよ。俺にはすでに心に決めた人がいるからさ」

「……」

僕とフランは思わず無言で視線を交わす。

今の自己愛に溢れた台詞は置いておくとして、たぶんスイセンはお約束の勘違いをしているな。

というわけで僕の方から、フランが正真正銘の〝男子〟であると説明をしておいた。

するとそれを聞いたスイセンは、初めはまったく信じていなくて高らかに笑っていたけれど、徐々に真顔になっていて気が付けば笑みを失くしていた。

「お、俺としたことが、とんだ失礼をした。まさか男性だったとは」

「い、いいよ別に。よく女の子に間違えられるし」

ともあれ誤解が解消されたようで何よりである。

「もしかして先ほど俺のことを〝羨ましい〟と言ったのは、同じ男性としてという意味かい？」

「うん。ボク、こんな見た目だから、今までかっこいいなんて言われたことなくて、かっこいい男の人を見ると羨ましいなって思うんだ」

スイセンは、いまいちピンと来ていない様子だった。

でも、僕はフランのその気持ちがすごくわかる。

「あぁ、僕もそういう人を見ると憧れるって言うか、同じくらいかっこよくなりたいなって思うよ」

別にモテたいとかじゃないけど、同じくらいかっこよくなって自信とか付けたいんだよね。

と思っていると、フランから思いがけないことを言われた。

「んっ？　ボクはロゼのこともかっこいいと思ってるよ」

「えっ、僕？　僕の方こそそんなこと一度も言われたことないよ。スイセンみたいな華やかさはないし、これといった〝浮いた話〟だって一個もないんだから」

「えっ、そうなの？　でもたぶん、あの二人はロゼのこと……」

何やら呟きかけたフランだったが、それはスイセンの声で遮られてしまった。

「なーに！　二人とも心配はいらないさ！　君たちには特別に、この俺が男のかっこよさというのを徹底的に伝授してあげよう。ロゼもちょうど恋人を欲《ほっ》していたところだしね」

「別に欲しちゃいないよ！」

人をがっつり肉食系みたいに言わないでほしい。

というこちらの抗議の声もまるで聞かず、スイセンはフランのことも巻き込んでこう言った。

「さあ、みんなで恋人を作って、存分に惚気合おうじゃないか！」

いやそれ、ただ自分がアリウムさんとの惚気話を披露したいだけだろ。

そんなツッコミの声は飲み込んでおいて、またこの男子三人で集まることには賛成しておいた。

新しい友人が出来て上機嫌になっているスイセンを見ていると、不意にフランが囁いてきた。

「待っていたら、そのうちロゼにも春はやって来ると思うよ」

「……？」

どういう意味かはわからなかったけれど、この日から僕たちはたまに三人で集まって、こんな話をするようになるのだった。

あとがき

作者の万野みずきです。

『はじまりの町の育て屋さん』の第三巻をお手に取ってくださり誠にありがとうございます。

はじまりの町って変な奴が多いですね。性格的にも才能的にも。

それを改めて感じる一冊になったかなと思います。

時に『こんなに都合よく才能の原石たちが登場するのっておかしいかな？』と、作者として思うこともあります。

しかし駆け出し冒険者の町なら何もおかしいことはないんですよね。

才能を開花させることができずに足踏みをしているから、ずっと駆け出し冒険者の町で活動をしているわけですし。

鍛冶師の場合もそうですね。見習いが手掛けたものを熟練の冒険者が買い取ってくれるはずもなく、必然的に活動場所が駆け出し冒険者の町になるわけですから。

そう考えると、やっぱりお話の舞台を『はじまりの町』にして正解だったなと感じます。

才能の原石たちが多いということに不自然さがなく、〝駆け出し冒険者の町〟というだけでそこには様々なドラマが生まれますから。

それとカバー袖のコメントでも触れましたが、キャラの名前は花がモチーフになっています。

キャラの名前を覚えてもらいやすく、かつ作者としても名付ける時に迷うことがなくなるので。

あとは本作のテーマに合わせて、『誰しも秘められた才能を持っていて、それを〝開花〟させる可能性があるから』という意味を込めて花をモチーフにしました。

では、『花に水をやる』という意味の主人公の〝アロゼ〟は開花する可能性がないのか、と思う方もいるかもしれません。

しかし彼は勇者パーティーを追い出された後、自ら〝ロゼ〟という名前に改名しています。

奇縁にも、〝ロゼ〟というのはフランス語で『薔薇色』を意味するとのことです。

彼もまた花に関する名前を持っているので、もしかすると秘められた才能があるかもしれません。


では、ここからはお礼になります。

Ｗｅｂ連載から応援してくださった読者の皆様、書籍から手に取ってくださった方々、誠にありがとうございます。

そして刊行にご尽力くださった関係者の皆様、雰囲気にぴったりのイラストで本作を彩ってくださった大空若葉様にも、改めて感謝を申し上げます。

それでは、またどこかでお会いできたら幸いです。

でっかくなった
相棒《あいけん》と
異世界
のんびり
スローライフ。
GC NOVELS
異世界転移したら
愛犬が最強に
なりました
My beloved dog is the strongest in another world.
シルバーフェンリルと俺が異世界暮らしを始めたら
龍央 Ryuuou イラスト／りりんら Ririnra
①～④巻好評発売中!!
異世界転移したら愛犬が最強になりました
シルバーフェンリルと俺が異世界暮らしを始めたら
1
龍央
イラスト／りりんら

GC NOVELS

はじまりの町の育て屋さん 追放された万能育成師はポンコツ冒険者を覚醒させて最強スローライフを目指します 3

2023年9月7日初版発行

著者 万野みずき

イラスト 大空若葉

発行人 子安喜美子

編集 並木愼一郎

装丁 森昌史

印刷所 株式会社エデュプレス

発行 株式会社マイクロマガジン社
〒104-0041 東京都中央区新富1-3-7 ヨドコウビル
［販売部］TEL 03-3206-1641／FAX 03-3551-1208
［編集部］TEL 03-3551-9563／FAX 03-3551-9565
https://micromagazine.co.jp/

ISBN978-4-86716-464-8 C0093

本書は小説投稿サイト「小説家になろう」(https://syosetu.com/) に掲載されていたものを、
加筆の上書籍化したものです。

ファンレター、作品のご感想をお待ちしています！

宛先 〒104-0041 東京都中央区新富1-3-7 ヨドコウビル
株式会社マイクロマガジン社 GCノベルズ編集部「万野みずき先生」係「大空若葉先生」係